趣味を極めて自由に生きろ！

ただし、神々は愛し子に異世界改革をお望みです

4

紫南 Shinan

Illustration 星らすく

主な登場人物
Main Characters
ペルタ
フィルズが作った、イワトビペンギンの魔導人形。渋いおじさまボイスで喋る。
フィルズ
公爵家第二夫人の子で、モノ作りが大好きな少年。優しいながらもやや毒舌。
シロクマ
護衛を担当する、白い熊の魔導人形。
隠密ウサギ
情報収集を担当する、兎の魔導人形。

ファリマス

『流浪の武神』の異名をとる踊り子。若々しい見た目だが、フィルズの祖母。

？？？

とある吟遊詩人。
リゼンフィアが
旅の途中で出会う。

クラルス

フィルズの母。
公爵家第二夫人。

リゼンフィア

フィルズの父。
カルヴィア国の宰相。

ミッション① 新たな仲間を迎えよう

この一年ほどで、大陸にある国の中でも、目覚ましい変化を見せ始めているカルヴィア国。その中でも、特に活気に満ちているのが現宰相《さいしょう》エントラール公爵《こうしゃく》の治める地の領都《りょうと》だ。

天気も良く散策日和《びより》のその日。二人の仲の良い老夫婦らしき者達が公爵領都の門をくぐった。

そろそろ昼食の時分ということもあり、町には人が溢れている。

「えらい賑《にぎ》やかだなあ」

「そうですねえ」

今までの町とは違う活気を感じ、二人はキョロキョロと周りを見回す。

そこで、男性の方が芳《こうば》しい匂いに気付く。

「おっ、美味《うま》そうな匂いがする」

「本当ですねえ。これは……パンかしら？」

その匂いに思わず釣られて歩いて行くと、パン屋らしき店に多くの人が列を成しているのに行き合う。

「すごいわね……」

「人がこんなに食に意欲を出すのを見るのは……いつ振りだ？」

「……そういえば……そうですね……」

二人は信じられないものを見るように、呆然と立ち止まった。それは、二人にとってはもう見ることはないのだと諦《あきら》めていた遥か昔の、賢者と呼ばれる異世界からの転生者達によって発展していた頃の賑わいに似ていたのだ。

そんな二人に、近付いて来るものがあった。だが、二人が気付く前に、それに目を留めた子ども達の声が響く。

「あっ、ジュエルちゃんだぁっ！」

「シンジュちゃんもいるぅ！」

《クキュウっ》

《こんにちは〜》

パタパタと小さな翼で飛ぶジュエル。その体は鳥のような真っ白でふわふわしていそうな羽根で覆われており、光によって虹色《にじいろ》にも見える艶《つや》やかさがある。それだけならば、確実に鳥と認識されるだろう。

だが、胴体が少し長く、頭には鹿のような角《つの》が生えて来そうな二本の小さな突起《とっき》。そして短い手足に、胴体から細くなっていく尻尾がある。とても不思議《ふしぎ》な生物だ。

地球を知る賢者達ならば『西洋のドラゴンと東洋のドラゴンを足して二で割ったような姿』と説

明しただろう。その表皮が鳥に近いことから、ジュエルの主《あるじ》は周囲にグリフォンの亜種だと説明して、実際にそう認識されている。既に、この公爵領都ではその認識がきちんと広まっていた。

亜種は本来の姿とは違う部分も多いし、確実な姿が伝わっていない。個体によって姿が変わって来るからだ。そして、更に一般的に、魔獣の幼獣を見ることはほぼない。そうしたことから、人々はジュエルをグリフォンだと信じ切っていた。

その正体は、この世界が創造されてから、大地を創り出すために神が生み出したもの。最初にこの世界に降り立った生き物である、ドラゴン三体の内の一体だ。

他の二体は、人々との共存を諦め、誰も来られない孤島で今でも眠っているらしい。だが、意識は三体で共有することが出来るので、今こうしているジュエルの視界も覗《のぞ》いているかもしれない。人との共存を諦めただけで、決して人を憎《にく》く思っているわけではないらしいので、安心だ。

「おっ、なんだ。もしや、迎えに来てくれたのか？」

男性が問うと、ジュエルとその連れが答える。

《クキュウっ！》

《そうでしゅ！　おむかえにきました～》

ジュエルは、シンジュと呼ばれるクマのぬいぐるみのような物の頭に掴まり、後ろにぶら下がる。これがここ最近のジュエルのお気に入りの体勢だ。

シンジュはひっくり返らないように骨格のバランスを取って作られているため、問題なくこのまま歩くことができる。因《ちな》みに、シンジュという名だが、男の子設定。毛色は白だが、少し黄色が入っ

ているクリーム色に近い。
「まあっ、なんて可愛らしいっ。よろしくね」
《あいっ！》
《クキュウ！》
二匹揃って片手を上げてお返事だ。とても和《なご》む光景だった。そうして、二匹に案内された男女は、更に賑やかな場所に出た。
「あらあら……大きな門があるわね……貴族のお屋敷《やしき》？」
「いや、貴族の屋敷なら、こんな普通に住民が入って行くわけがねえだろ……」
大きな、上品な装飾のある門。それが開け放たれており、その先には大きなお屋敷があった。そのお屋敷までの距離もかなりある。初めて見る者は、貴族の屋敷と勘違いしても仕方がないだろう。しかし、その奥にある屋敷までの間には、左右にカラフルな屋根の家が建ち並んでおり、中央の広い通路の上には大きな天井がある。一目で雨のかからない道だと理解できた。そこを多くの人々が楽しそうに歩いている。
《ここは、『セイルブロード』だよ！　おみせがいっぱいならんでる『商店街』なんだ〜》
「ほおっ。昔、賢者に聞いたことがあるぞ」
「商店街……見てみたいわねえ」
《……『伝えた』、あとであんないする》
「「ん？」」

伝えたという言葉の意味が分からなかったが、そのまま二人は、また進み出した二匹について歩いて行く。屋敷を囲む塀に沿ってしばらく歩き、その隣の家の同型の塀に差し掛かる。そして、その家の門の前までやって来て立ち止まった。

「ん？　おお？　この隣は教会か？」

「懐かしいですわねえ」

この家の隣には教会が建っている。二人が思わず微笑んだ。

「で？　ここにフィル坊が居るのか？」

《うん。まってる。あっ、きた～》

《クキュゥ～♪》

《もんがあきましゅよ》

「おおっ」

「まあっ」

門が自動で開いていく。それに目を丸くする二人。そこに、一見して少女かと思えるような小柄な十二歳頃の少年がやって来た。

彼の名はフィルズ・エントラール。エントラール公爵の次男だ。元流民である第二夫人の一人息子で、母親似の長い夜空のような濃紺色《のうこんいろ》の髪を背中で一つに縛《しば》り、父親譲《ゆず》りの翡翠色《ひすいいろ》の瞳を持つ彼は、現在は実家を出ている。

家庭の問題から屋敷の離れで母と共に閉じ込められて育ったフィルズは、前世の夢を見ることで、幼い頃から自立心が高かった。そこで体を鍛《きた》え、離れを度々抜け出し、冒険者となって外の世界を知った。着々と実績を作ったフィルズは、今や上級冒険者として認められている。

そしてその傍《かたわ》ら、前世からの趣味を生かし、様々な物を作り出していた。それらを売ることで貯めたお金を使い、セイスフィア商会を立ち上げ、現在、多くの人々がその珍しい品物を求めて賑わうセイルブロードを創り上げていた。

「フーマ爺《じい》、セラ婆《ばあ》っ。待ってたんだ。これからよろしくっ」

元医術神《いじゅつしん》のフーマ、元薬神《やくしん》のゼセラ。それがこの二人の正体だった。

「おう。世話になるぜ」

「よろしくね」

二人は、十神から眷属神に降りて人の世で暮らすことまでして、この世界に直接医学を広めようと、きっかけを待っていた。そして、主神《しゅしん》達が異世界から招いた『愛《いと》し子《ご》』であるフィルズの存在を知ったのだ。

フィルズも医学レベルが低いことは気になっていたので、二人に協力することにし、この場所に招いたというわけだ。二人と挨拶《あいさつ》を交わしてから、フィルズは手を屋敷の方へ向ける。

「さあ。見てくれ！　これが、フーマ爺とセラ婆に任せる『健康ランド』だ！」

「「……え……」」

自信を持って見せた建物は、三階建て。そして、とても広いものだった。小さな家が幾つか手前にあり、渡り廊下で繋がっている。

さすがのフーマとゼセラも、その立派さに絶句する。

フィルズは、数ケ月前に隣領で起きた魔獣の氾濫《はんらん》を収めた後から、時間をかけてこの『健康ランド』の設計図を書いた。

高層ビル的な総合病院のようなゴツさは、この世界と景観《けいかん》が合わなさ過ぎる。何より、堅いイメージにはしたくなかった。名前も『病院』や『療養院《りょうよういん》』といったものにはしたくなかったのだ。

ただ、奇抜にし過ぎると人が入り難《にく》いと考え、『健康ランド』と命名するに至った。建物全体を見ると、病院というより木造の校舎のようだろうか。

「建物は、正面中央のやつが三階建て。その他、左右の建物が二階建てだ」

屋敷はコの字型になっており、正面に見えるのは、横に少し広い三階建て。左右にあるのは、小さめながら広さの違う家が二つずつ。これらが渡り廊下で繋がっている。

「正面の三階は研究室と二人の住居スペースな。薬物も使うから、換気とかの問題がないように、上の方にしたんだ」

「なるほど……」

「それは助かりますわね」

地下では温度の調整がしやすいが、空気が籠《こも》りやすい。それならば、きちんと温度管理もできるよう魔導具を開発して、上の階に配置しようと考えたのだ。どのみち、病院のような施設となれば、換気は大事になるし、温度管理もそうだ。

よって、この魔導具の発明は必須だった。これは、フィルズがまだ公爵家に居た頃には考え出していたため、それほど手間を掛けることなく完成した。

既に加湿器は、演技や宣伝などで喉を酷使《こくし》する、元吟遊詩人で踊り子の母クラルスのために作られ、今や当たり前のようにフィルズの屋敷には置かれている。

「エレベーターもあるから、ベッドごと移動するのも問題ないぜ。もちろん、移動できるように、全部のベッドにキャスターを付けといた」

「キャスター……というのは分からんが、エレベーターか……確か、鉱山とかにはあったな」

「ありましたね……ただ、家にというのは初めてです……」

城でも付いていない。寧《むし》ろ鉱山など、運搬《うんぱん》作業で使う物という印象が強いため、家に付けるという考えに至らないようだ。

長く広い建物までの通路を歩きながら、フーマとゼセラは周りを見回す。聞きたいことは沢山《たくさん》ありそうだ。

「フィルや。あの辺の空き地は何だ？　えらく綺麗《きれい》に整地されとるが」

フーマが指差した右手側。その先には、四角く広く取られたスペースがあった。草一本生えていない。地面には、美しい茶色のタイルが敷き詰められている。

「ああ、あそこは駐車場っ、じゃなかった。馬車置き場」

「ほお。なるほど」

「一応、救急車みたいなのを作ってるから、それもそこに置くんだけど」

「「きゅうきゅうしゃ？」」

「あ、これも説明が必要か……出来上がったら教える」

「おう……」

そして、次にゼセラが目を向けたのは、その反対側だ。

「あそこは……木を組んで……何があるの？」

「あれは、リハビリトレーニング用も兼ねたアスレチックだ。子どもも遊べるけどな。あそこに一番近い建物は、リハビリ用の施設で、そこで整体とかもできればと思ってる」

子ども達も遊べるアスレチック施設だ。教会の孤児達が遊べる場所が欲しいとずっと考えていたフィルズは、それをここに作った。

冒険者という職業があることで分かるように、この世界の者達は、身体能力が高い。だから、アスレチックをリハビリ施設として使うことも可能だと考えたのだ。

「アスレチックの方は、今日の昼にでも開放するつもり。作ってる時から、子どもらに試させてたんだけど……ここ数日、完成したのが分かったのか、早く遊ばせろって煩《うるさ》くてさ……ほら、あそこ、へばりついてるんだ」

「「……」」

フィルズが視線を送ったのはアスレチックの向こう。セイルブロードと隣り合う塀の上に、小さな頭が幾つも覗いていた。

「一応、ここを開けたら、あっちと繋がる扉も開放することになってる」

「……ああ、塀のあの色が違うとこ、扉なのか」

「うん。鍵は屋敷で管理してるし、塀を乗り越えて来たりしたら、俺か母さんか、クマに怒られるの分かってるから、ああして我慢してるんだ」

フィルズを怒らせれば、セイルブロードに来られなくなるかもしれないし、クラルスに叱られるのは嫌われそうで嫌だ。フィルズの作った魔導人形であるクマも同様。お陰で子ども達はフィルズ達の前ではとても良い子だ。

これにより、お母さん達が、最近は子どもが言うことを聞かないと『セイルブロードへ入れなくしてもらうよ！』とかフィルズやクラルス、クマに『嫌われるわよ！』と言っているようだ。

中には、『ウサギさんが来るよ』と脅《おど》す者もいるらしい。ウサギ型の魔導人形である隠密《おんみつ》ウサギの報復《ほうふく》の怖さは、冒険者の中でも有名だった。そんな背景もあり、子ども達は恨めしげに塀の上からひょこひょこと頭を出して、アスレチックを見つめるだけになっていた。

フィルズにすれば慣れたものだが、フーマとゼセラには耐えられなかったようだ。

「早く開けてやれ……」

「開けてあげてちょうだい……」

「……分かった……」

溜め息を吐きながらフィルズが門を開けた途端、集まっていた子ども全員が一気に雪崩《なだ》れ込んで来た。あまりの子どもの人数に、さすがのフィルズも驚く。

「……え……どっからこんなに……」

なんと軽く百人は居た。二歳頃から十歳くらいまで、年齢も様々だ。孤児院の子ども達も居るので、この辺りの子ども達は全員来ているかもしれない。

「広く作っといて良かった……」
二、三歳の子どもでも遊べるよう、小さく安全な物も作ってある。滑《すべ》り台や、ぶらんこ、シーソーに、雲梯《うんてい》、鉄棒《てつぼう》といった、公園に一般的にある遊具も用意していた。大人用として作られている物とは色を変えているため、自然と子ども達は自分達に合う遊び場へと流れていく。
《クキュゥ♪》

《あっ、まって〜》

ジュエルが子ども達の遊びに交ざりに飛んで行ったことで、シンジュも追いかけて行った。

「なあ……子どもらだけにして大丈夫か？」

「子ども達で下の子を見るでしょうけど……目新しい物ばかりだし……」

フーマとゼセラが心配そうに見つめる。当然、対策はしてあった。用心しておいて正解だったと満足げに一つ頷いたフィルズは、アスレチックの方へと歩き出す。

「だよな。まあ、子どもらも多いから顔合わせには丁度いい。ちょっと待っててくれ」

「ん？　ついて行ってはダメか？」

「別にいいけど？　あそこの赤い屋根の小屋に行くだけだ」

「ほお。物置きか？　少し大きいが」

アスレチックのある場所の更に奥。商会の敷地の塀にへばりつくようにして作られている小屋がある。赤い屋根で、上から見れば真四角なのが分かるだろう。壁は白だ。

フィルズが歩いて来ると、顔見知りの子ども達が、何だ、何だと集まって来る。

「フィル兄ちゃんっ。どこ行くの？」

「フィル兄っ、ここおもしろいね！」

「あそこいくの？　ぼくもいくっ」

「わたしもっ」

フィルズがダメと言えばきちんと聞ける子達だ。なので、確認は欠かさない。

「いいぞ。みんなにここの管理者を紹介する。危ないことがあったり、助けて欲しいことや困ったことがあったら呼ぶんだぞ」

「「「「は〜い！」」」」

揃って良いお返事だ。クマの影響か、返事をする時に片手を上げるようになってしまったが、それはそれで良いことにする。

「ねえねえ、フィル兄ちゃん。このおじいちゃんとおばあちゃんは、兄ちゃんの？」

子どもの一人が、後をついて来るフーマとゼセラを気にして尋ねて来た。

「ここの大先生《おおせんせい》達だ。頭が痛いなあとか、お腹が痛いなって時に診てもらえるぞ。よく効くお薬も出してくれる。男の方がフーマ大先生。女の方が薬を作ってくれるゼセラ大先生な」

先生と呼ばれる者は多いので、一番上ということで、大先生と呼ばせることにする。

「ほら、挨拶」

「「「「こんにちは！　よろしくおねがいします！」」」」

「っ、おお。元気だなあ。よろしく」

「ふふっ。可愛らしいわあ。お薬も、苦くないのを用意しますからね。よろしく」

この辺りの子ども達は、本当に言うことをよく聞く。フーマとゼセラも、思わず更に頬を緩ませていた。そんな話をしている間に小屋に辿り着く。

鍵は生体認証。フィルズとこの小屋を管理するクマの一体と、屋敷を管理するクマのホワイト、ゴルドにしか反応しない。

タッチするパネルは少し低い場所にある。今のフィルズの腰の辺りで、クマ達がタッチできる高さで作ってある。壊れないように、パネルには特別に強化する魔法陣が仕込まれているので安心だ。

そこにタッチすると、茶色の扉が自動で開いた。その中に、フィルズは声を掛ける。それは、この施設を起動するための合言葉のようなものだ。

「【管理者起動】」

これに応えるように、中に淡《あわ》い灯りがつく。それを確認し、フィルズは続けた。

「【管理者No.15アトラ】」

その呼びかけを合図に、ポテポテポテポテポテっというクマの足音が奥から向かって来た。

《はぁぁぁぁい!!》

走って来て、ヒョイっと大きなジャンプを決め、更に着地地点でポーズを決める。それは赤茶色の毛色をしたクマだ。ベストも臙脂色《えんじいろ》にしてあり、黒で縁取りがされていた。

《アトラさんじょう!!》

シャキンっと斜めに右手を上げ、左手をその前に。足も右を伸ばし、左足を曲げてバランスを取る。戦隊モノの右側に居そうな構えだ。表情はほとんど変えられないはずなのに、とっても得意げに見えた。

「……おう……アトラ、今日から頼む。補助のトラ達を起こしてくれ。子どもらに紹介したい」

《りょうかいであります！》

次にとったポーズは敬礼だ。ここでフィルズは気付いた。

「……やっぱ、眠い時は寝るべきだったな……」

このアトラの動きは、フィルズが完全な深夜テンションで作り上げ、プログラムした影響だ。子ども達に親しみを持ってもらえるものをと考えていたこともあり、戦隊モノも頭にあった。

因みに、このアトラは首に赤いスカーフが巻かれている。『こいつはレッドだ！』と言いながら作業した記憶が微《かす》かにあった。ちょっとこれは恥ずかしいなと頭を抱えるフィルズだったが、子ども達にはウケたようだ。

「こう？」

「こうじゃない？」

「こんなかんじだった！」

「かっこいいよなっ」

ポーズの練習をし出していた。

「……まあいいか……」

これはこれで良かったということにする。

《おまたせしましたあ！》

奥に向かって行ったアトラが戻って来る。

その後ろに居るモノを見て、子ども達が息を呑んだ。

「「「「っ……」」」」

それでも逃げたり、倒れたりしないのは、フィルズが危ないものを用意するとは思えないからだ。

それに、怯《おび》えるよりも好奇心の方が勝《まさ》ったのだろう。

「フィル兄、あれ……なに？」

「白虎《びゃっこ》だ。カッコいいだろ。俺が作った。クマ達と一緒だ。動作を重視したから、あんま喋《しゃべ》らんけどな」

それは、三体の大きな白いトラ。体にはトラらしく黒いシマがあり、子どもどころか、大人をも乗せて歩ける大きさだ。ネコ科らしい動きも細部まできっちり再現した力作の魔導人形だった。

毛皮に使ったのは、凶暴だと有名な魔獣のもの。その魔獣は巨大な猿で、どうやらゴリラのような姿らしい。この辺には生息していない。本来は薄茶色でシマ模様もないのだが、手触りも良く、貴重なものということもあり、何とかトラの皮に見えるようにかなり手間をかけた。

これは、大聖女《だいせいじょ》レナからの商会設立祝いのプレゼントだったのだ。敷物として使えばお金を持っている証にもなるほど、貴族の中でも持っている者はごく僅《わず》からしい。傷《いた》まないように強化し、毛も綺麗に漂白したことで真っ白になったのは嬉しい誤算《ごさん》だ。

ここで普通は手を止めるが、フィルズはそこを、黒のシマ模様で染めた。もうトラ柄《がら》にするしかないと決め込んでしまっていたからだ。

もちろん、綺麗に保つため、どれだけ汚れても汚れが落ちるよう、賢者の資料から見つけた【清《せい》浄《じょう》化《か》】の魔法陣も仕掛けてある。これは、他の魔導人形達にも施しているため、クマやウサギもいつまでも汚れ知らずだ。ついでに雨も弾《はじ》いてくれる。

「首輪の色は一匹ずつ変えてあるが……名前をまだ考えていなくてな。お前らで付けるか？」

白虎と呼んでいるが、それは総称だ。個体名はまだ付けていなかったので、子ども達に振ってみる。

「えっ、いいの？」

「わたしたちでつけるの？」

キラキラした目がフィルズを見上げていた。

「ああ。そうだな……この後、遊びたいだろうし……三日やる。家で考えて来て、アトラに言ってくれ。思い付いたのを一人三つな。そんで、三日後にみんなで投票して決めよう」

「「「「わぁいっ！」」」」

投票というのがよく分からないながらも、名前を自分達で付けられると聞いて、とても嬉しそうだった。

「そんじゃあ、アトラ、後を頼むぞ」

《あい！》

《《《クワゥル》》》

「「「「ないた！」」」」

初めて聞く鳴き声にわっと沸いた子ども達は、怖がらずに白虎に突進して行った。その中にジュエルも居たが、シンジュがついているし大丈夫かと、そのままにするフィルズだ。

アトラと白虎達に子ども達を任せ、フィルズはフーマとゼセラを連れて住居スペースへと向かった。

「はあ……近付くと、マジで立派だなあ」

「立派ですねえ……」

「本当に俺ら、ここに住んでいいのか？」

フーマが少し申し訳なさそうにフィルズを見た。彼らはフィルズの要請もあったとはいえ、押し掛けて来たようなもの。わざわざ家を用意してくれるとは考えていなかったようだ。

「私達、まともな家に住むのも久し振りなんですよ？　今までは、賢者の隠れ家を転々として来ましたから」

「大半が地下だったしな」

「そうでしたわね……」

「いや、なんてとこに住んでんだよ……」

眷属神に降《くだ》ったとはいえ、神が地下に住むなど申し訳ない気がして来る。しかも賢者の隠れ家なのだ。人も寄り付かない辺境だった場合もあるだろう。禁足地《きんそくち》となっていた以前のジュエルの住処《すみか》が良い例だ。

「それに、こんな大きな家の管理なんて……」

ゼセラが不安に思うのも無理はない。だが、ここにも管理者が居る。

「それは問題ない。掃除も食事の用意も、洗濯もクマがやるよ」

そこで扉が開く。出迎えてくれたのは、オレンジ色の毛並みのクマ。ジャケットはフォーマルな女性用の物で、色は淡いクリーム色だった。

「紹介する。ここの総責任者のオーリエだ」

《おはつにおめにかかります。このしきちないのことは、なんでもごそうだんください》

「「よ、よろしく……」」

まだ二人はクマの存在に慣れていないようだ。しかし、この『健康ランド』に居るのは、クマだけではない。フィルズがオーリエに指示を出す。

「オーリエ。補助要員の……統括《とうかつ》マネージャーのトラ達を呼んでくれ」

《しょうちしました》

これを聞いて、フーマとゼセラがフィルズに目を向ける。

「まさか、ここにもあのトラ？　が居るのか？」

フーマが思い浮かべたのは先ほどの白虎のようで、少し不安そうだ。表情からすると、ゼセラも同じように思ったらしい。しかし、これをフィルズは否定する。

「いや、オーリエ達クマと同じタイプだ。会話もできる」

「「は？」」

《おまたせいたしました》
そうしてやって来たのは、一見するとトラというより、三毛猫のぬいぐるみにしか見えない二体だった。そのトラ達は、クマ同様に可愛らしく、二足歩行する。ほとんどクマの形で模様をトラ柄《がら》にしただけなので、ネコの方が近いかもしれない。
トラ達は男女に分かれている。男の方が少し凛々《りり》しく、一回り大きくなっており、女の方はクマと同程度の大きさで和やかな目をしていた。二体とも歯医者か整体師が着るようなデザインのコートを身に付けており、男の方は紺色、女の方は臙脂色だ。
オーリエがまずは男の方を紹介する。
《こちらが『カシワ』》
《よろしくお願いします》
彼らは、はっきりとした発音をする。声も大人のものだ。次に、女の方。
《こちらが『サクラ』です》
《サクラと申します。よろしくお願いします》
これに、少しの間ポカンと口を開けていたフーマとゼセラがハッとして応える。
「お、おう。よろしくな」
「よろしくね」
《《はい》》
彼らと顔合わせができたので、後はクマやトラ達に任せても良いだろう、とフィルズは頷《うなず》いた。

「じゃあ、オーリエ、カシワ、サクラ。二人が落ち着いたら、この屋敷と施設の説明を頼む」

《しょうちしました》

《《お任せください》》

因みに、カシワとサクラの下には、それぞれの担当部署に同じトラ型のリーダーがおり、更にその下に補助する者を数体用意してある。すぐに職員となれる人材は見つからないと考え、カシワとサクラの他に三十体ほど量産したのだ。これはクラルスも手伝ってくれた。

「フーマ爺、セラ婆、今日は荷物の整理とか、ここの案内とかしてもらってゆっくりしてくれ。隣を見たりしてくれてもいい。明日、母さん達とかも紹介するよ」

来る時にセイルブロードを見たがっていたことはシンジュから聞いていたので、そこも付け足しておく。クマ同士は通信が可能だ。シンジュが『伝えた』と言ったのは、フィルズの傍のクマに通信した、ということだったのだ。

「おう。楽しみだ」

「分かったわ」

フーマとゼセラに手を振って、『健康ランド』を出たフィルズは、隣の屋敷に戻った。

セイルブロードがいつも通り賑わっているのを横目に確認しながら、屋敷に入ると、家令《かれい》の役割をするクマのホワイトが出迎えた。

《おてがみがとどいてま〜す》

「ん？　手紙？　えらく豪華《ごうか》な……っ、王家の紋印《もんいん》？」

高貴な者からの手紙だというのが一目で分かる手紙だった。そこには、王家の印があった。

「ファスター王なら、イヤフィスで済ますだろう……これは……」

イヤフィスとはフィルズが開発した遠話機のことだ。彼は国王ファスターと親交を深めていて、イヤフィスを使って通信し合うことも度々あった。

手紙の裏面と表面を見比べて差出人名がないことを確認していると、ホワイトがペーパーナイフを差し出す。それを受け取って、歩きながら封を切った。ペーパーナイフをホワイトに返し、手紙を取り出す。

「……これは……そうか、先王夫妻からの……」

《『車椅子』をおくられたのですよね？》

ファスター王は足を悪くした先王夫妻のために、空中浮遊もできる車椅子をフィルズから買って贈っていた。

「ああ……開発者の俺にその礼が直接したいらしい。数日中にも親父と来るようだ」

《それでは、しっかりおでむかえします！》

「そうだな……親父も一緒だし、公爵邸の方に滞在するだろうが……」

それでも、手紙はセイスフィア商会長のフィルズ宛だったのだ。こちらにも当然訪問するだろう。

それに……と思うことが一つ。

「こっちには今、孫のリュブランやカリュとリサが居るしな」

この商会では、教会の保護対象である第三王子のリュブランと、社会勉強中の双子の第二王子と第一王女であるカリュエルとリサーナが働いている。祖父母ならば、孫の顔を見たいだろう。

そこでふと、フィルズは自身の祖父母について気になった。二人ともクラルスに会いに隣国近くまで来ているはずだが、今頃はどこに居るのだろうと思いを巡らす。

「……調べてみるか……」

小さく呟いて、隠密ウサギに調べさせようと、頭の中にメモを残す。そして、今は目の前の問題をどうにかしようと意識を切り替えた。

付き添い役の父、すなわち公爵から何か連絡があるはずだと思い、ホワイトに確認を取る。

「親父からの手紙はあるか？」

《しつむしつにおとどけしてありましゅ》

「そうか。それじゃあ、夕方にまたファスター王にも確認するけど、先王夫妻を迎える準備は始めていてくれ」

《しょうちしました～！》

夕食後、リュブランやカリュエル、リサーナに先王夫妻訪問の件を話し、到着を待つこととなった。

◆　◆　◆

翌日、先王夫妻が王都を出発したとの連絡をフィルズが受けた頃。ここでの生活にも慣れて来た第二王子のカリュエルと第一王女のリサーナは、その日が休息日ということもあり、二人で屋敷にある図書室兼自習部屋でとある作業をしていた。

双子の二人は、十代半《なか》ばになってもとても外見がとてもよく似ている。

身分を隠すために外に出る時は色を変えているが、二人とも本来は髪が金で、切れ長の瞳の色は透き通るような鮮やかな青だ。顔が小さく、見た目の違いは仕草と身長、髪の長さくらい。身長は僅かな違いだ。カリュエルの方が少しだけ高い。一時はリサーナに負けていたが、この一年でかなり伸びて追い越したらしい。

とはいえ、リサーナは令嬢《れいじょう》としての美しい姿勢や底上げされた靴を履いているため、カリュエルとの身長差はほとんどなくなっていた。

この商会での二人の装いは王子、王女のものではなく簡素な服装だ。それらはきちんと機能的なデザインをされた物で、動きやすく温度調整もできる。これを二人は気に入っていた。

特にリサーナは、窮屈《きゅうくつ》なコルセットや重みもなく裾《すそ》も邪魔にならない今の服に慣れているので、王宮に帰ってドレスを着るのが今から億劫《おっくう》そうだ。

二人は、書き物をしたりできる書字台《しょじだい》のある机に、窓辺に向かって並んで座り、一心不乱に何かを紙に書きつけている。

「ねえ、カリュ。この模様どうかしら」

「ん？　ああ……うん。ここでバランスを取ってるんだ？　この蔓草《つるくさ》の模様は加護《かご》刺繍《ししゅう》に通じるものがあるな」

「そうなのっ」

「これは……もしかして、車輪？」

「そうよっ。商人とか向けに、少しかっこいいデザインをと思って」

「うん。これは男性にも女性にも、商人にも良さそうだ」

リサーナが描いているのは、便箋《びんせん》の飾り枠だった。

「こっちはどうだ？　この書体なんだが……」

「ステキ……絵のようにも見えるけど、きちんと文字としても見えるわっ。美しいわね」

このセイスフィア商会に滞在するようになり、リサーナは便箋のデザイン、カリュエルはカリグラフィーのような書体を作ることが趣味となった。

これらは、フィルズが描いていたのを見て、やりたいと思ったのだ。手紙と共に花を一本送ったりすることはあったが、手紙を装飾するという考えはなく、その珍しさに二人はときめいた。

休息日は、リュブランや騎士達が護衛をして町を案内してくれることもあるが、大抵、ここでこれらを楽しむか、フィルズやクラルスから教えてもらった刺繍や編《あ》みものをしたり、孤児院に遊びに行ったりして過ごしている。

二人はこれまでの人生の中で、この日々が一番充実していると実感していた。

「ああ……こんな文字を考えられるなんてな」

「本当に……こんなステキな趣味が出来るなんて……ここに来られて良かったわ」

「そうだな……」

しみじみと、二人はペンを置いて思う。窓から見えるのは、沢山の店が並ぶセイルブロード。今日もすごい賑わいだ。王都よりも賑わっているのではないかと思っている。それを眺めてから、ふと窓に嵌《は》まったガラスに同時に注目する。

「この窓……外からは見えないんだよな……」

「不思議よね……それに、魔法も物理的な衝撃も弾くって言っていたわよね……」

このセイスフィア商会の屋敷の窓は、全てこの仕様だ。セイルブロードの店の窓は、中が覗けるようになっているが、防御の術式は同様に仕込んであるため、泥棒や乱闘騒ぎから店を守ってくれる。

「王宮の部屋の窓にも近々採用すると聞いたが、窓辺にこうして居られるのはいいものだな」

「景色をゆっくり堪能できますものね。王宮からの眺めも覚えていますけれど……どうしても体に力が入ってしまいますし……」

「眺めをこんな風に楽しめることなどないしな……」

「ええ……」

部屋にあるバルコニーには出てはいけないと言われて来たし、窓の所に立つのもあまり良い顔をされなかった。身を守るためだ、仕方がない。幼い頃からそう言われ、叱られた記憶もあるため、この年頃になると、もう習性として窓にはあまり近付かなくなっていた。

だから、この屋敷に来て、フィルズに心配要らないからと言われた時、とても衝撃だったのだ。

カリュエルがまた外の様子を見ながら呟く。

「最近、肩の力を抜くというのがどういうことかよく分かる……自分ではそうは思わなかったが、かなり余裕がなかったんだと実感する」

「ええ……そうね……」

商会に来た最初の頃、よく周りから『もっと肩の力を抜け』とか『笑顔がぎこちない』などと言われた。自覚がなかったことだったため、最初は何を言われても意味が分からなかった。

だが、本当に心から笑えることや、微笑ましく思えることがあり、そこで気付いた。皆に指摘されていたことを自覚したのだ。

それらを知ったことで、逆に相手の笑顔のぎこちなさなどが分かるようになった。それが本当の笑みなのか、そうでないのかを理解できるようになったのだ。

この技術は、クラルスに教わった。笑顔の裏で何かを企んでいる場合、嘘を言った時の場合、誤魔化そうとしている場合など、多くの顔の筋肉の使い方を知り、読み取れるようになったのだ。

「王宮では、笑顔を見せることが当然で、それができていると思っていましたけれど……今なら分かると思いますわ……あの笑顔の裏の顔を」

「ああ。母上……いや、第一王妃の裏の顔が見えるだろうな」

「ええ。私達……騙《だま》されていたんだわ」

「っ……そうだ……っ」

二人がフィルズの元へ来ることになった本当の理由。それは、リュブランの母である第三王妃に会うため。現在この公爵領の教会に預けられている第三王妃が、かつて二人の母——第二王妃を毒殺したと思われていた。

しかし、殺したのが本当は第一王妃だった可能性が出て来たという知らせを受け、それを確認するために来たのだ。皮肉なことに、二人にとって第一王妃は、幼い自分達を引き取ってくれたもう一人の母であった。

　リサーナは目を伏せて思い出す。

「第三王妃様は確かに思い込みが激しい方でしたわ……ですが、あの方に何かを実行に移す度胸《どきょう》はありません」

「味方も少なかったしな……」

「ええ。伝手《つて》も少ないですわ」

　二人は、母親が殺されたのだと知ったことをきっかけに、独自の調査ルートを持っていた。それは、母親の生家と繋がりのある者達だ。

　その時は、母となってくれた第一王妃に迷惑を掛けたくなくて、恩を返したくて、思いやりゆえに彼女にも秘密で繋がりを作ったのだが、それは結果的に正解だったようだ。

　カリュエルは、机に両肘《りょうひじ》をつき、組んだ手の上に額《ひたい》を当ててため息混じりに吐き出す。

「まさかっ……第一王妃が本当の敵だったなんてな……」

「わたくし達……敵の……お母様を殺した相手に育てられたなんてっ……思えば、お兄様もわたくし達に妹であること、弟であることを事あるごとに強調していました。あれは牽制だったのですね」

「そうだろうな……」

　信じていた異母兄《いぼけい》と、義母が敵だったと確信し、二人は今までの王宮での生活を思い起こしては、寒気と怒り、迂闊《うかつ》さや自分達への憤《いきどお》りを感じていた。それをグッと自身の中に抑え込みながら、リサーナが絞り出す。

「『王女として、国の最高の女としての振る舞いを心掛けること』……あんなもの、ただの傲慢で、高慢なだけのワガママ女ですわっ……ッ、わたくし、恥ずかしいです」

「私もだ……教えられた『王子らしい振る舞い』など、周りを何も見ていない自分勝手な子どもの振る舞いではないかっ……ッ」

この地へ来て、人と接することを知り、相手にどう思われるかを理解した二人は、今までの自分達の振る舞いを恥じていた。

「私達は、相手にどう見えるかしか考えていなかった。どう感じるかを考えねばならなかったんだ。真に相手を思いやるとは、相手の立場に自身を置き換えて考えること……礼を言われて嬉しく思うことさえ知らなかった……」

「そうね……ほんの数分、たったそれだけの間しか関わらなくても、物の渡し方、受け取り方一つで印象が違う……こっちにそんな意図がなくても、誤解されて悪く思われる……わたくし達は、もっと理解すべきだったわ」

接客をすることで、受け渡し方一つ取っても相手を思いやることの大切さと重要性を知った。

「これを、フィルは私達に教えたかったんだな……確かに、出会った頃の私達には、全くそれが分かっていなかった」

「恥ずかしいですわ……っ」

出会った時の自分達の礼を失した態度を思い出し、顔を赤らめることはこの頃特に多かった。

「メイド達のお茶の出し方でさえ、相手のことを考えたものだった、なんてことも知らなかったのですのよ？　本当に不甲斐《ふがい》ないわ」

「それは私も同じだ。料理のサーブの仕方の理由など、普通は知らないだろう。メイド達も、本当に理解しているかは分からない」

「それはそうですけれど……」

今挙がったこともここで教わり、理解し、今や二人はメイドや執事としての振る舞いや仕事もかなりできるようになっていた。恐らく、貴族家にメイドとして紛《まぎ》れてもバレないだろうレベルだ。

「最初は、危険を回避するための防衛手段だと言われて、そんなこととバカにしましたけれど……今思えば、とても有効な手段ですわ」

「変装の仕方もな……私なんて、完璧《かんぺき》に女装できるようになった」

「美人でしたわね」

「……お前の男装はカッコよかったよ」

有事の際に逃げる時、変装できるようにと、クラルスから教わったのだ。お互い別人に見える町人仕様と、メイド仕様、男女逆転仕様を教わった。フィルズが作製した、二人が今身に付けている【装備変換】の指輪には、それらの服も入っている。

「アレは楽しいですわ。そうそう、明後日《あさって》のダンスレッスンの日は、逆転ダンスの試験でしたわね。ヒールには慣れましまして？」

ここでは、店が閉まってからや、夕方から習い事や勉強会がある。

夕食までの時間や、夕食後の一、二時間の短い間だが、集中してできるので効率も良かった。歴史の授業は教会のまとめ役である神殿長に、計算や経理などはフィルズかクマのゴルドに、剣は騎士団長のヴィランズ、護身術はクラルスかクマのローズが行っていた。

その中で、二人にはダンスの授業があり、これはクラルスかフィルズから教わっている。それも、男性役、女性役の両方とも踊れるようにとの指導だ。そのうえ女装、男装の完成度も鍛えられる。

特に二人はよく似ているため、それぞれに成りすますことも課題の一つだった。

「……ヒールは三センチが限界だった……」

「それならば十分ではありませんか？　わたくしもそれくらいですわよ？」

「フィルやクーちゃんママは六センチでも余裕だった……」

「……あれは規格外ですわ……」

クラルスのことは、リサーナも『クーちゃんママ』と呼んでいるため、そこには言及しない。会話も普通に続く。

「ようやく、わたくしも『武闘舞い《ぶとう》』を三センチヒールでできるようになったところですし……十分ですわよ」

「そうか……『武闘舞い』は、私はもう少しかかるかな……まさか、ドレスを着て闘う術《すべ》があるとは……」

「本当ですわ。ですが、あれをやれるようになって、何だか自信がつきました。護衛の者の迷惑にならない位置取りなんて、知りませんでしたし」

「それはあるな。私達は、あまりにも無知で、守られることに無防備だった」

二人は日々発見し、理解し、反省する。そうなれたのも、ここでの生活のお陰だ。

ふとまた窓の外に目を向ける。そこでは、二人の異母弟であるリュブランが楽しそうにポップコーンを作って売っていた。笑顔は輝き、人々がその周りに集う。

「……リュブランが……あんな風に笑うなんてな……」

「ええ……何より、あの子、剣術も体術もかなりのものでした……教養もですが、あれほど『無能な王子』と蔑《さげす》まれておりましたのに……」

そこに、声が掛かった。

「リュブランは、できなかったんじゃなく、やらせてもらえてなかったんだよ」

「っ、フィルっ」

「っ、フィルさんっ」

後ろから面白そうに声を掛けたのは、フィルズだった。

ここは共有の図書室兼自習部屋だ。入室許可も必要はない。広く作られており、自習スペースも部屋の中に点在させてある。その周りには、声を抑える魔法陣が仕掛けてあるため、普通に喋っていても、一メートルも離れれば、囁《ささや》く程度にしか聞こえなくなる仕様だ。

それでいてフィルズがなぜ二人の会話を聞き取れたのかといえば、単にフィルズの耳が良いのが理由だ。彼が近付いて来ていたことに二人が気付かなかったというのもある。

「まあ、リュブランの悪い噂も、第一王妃が仕組んでいたみたいだしな」

「そうだったのか……？」

「ああ。周りの貴族達に、そう認識させていったみたいだ」

フィルズは、本棚にある本の背表紙を確認し、撫でながら、ゆったりと二人の方へと歩み寄って行く。

「実際に、リュブランがまだ剣の稽古《けいこ》を始める前から、才能がないって話が出てたみたいでさ」

二人に目を向けることなく、目的とする本を見つけると、立ち止まってそれを抜き取る。そのまま本を開いて続けた。

「他もそんな感じ。それがリュブランの耳に入って、暗示がかかったんだろうな。『自分はできない』ってさ。そうなると、本当にできなくなったりするのが人ってものだ」

「……そう……ですわね……」

「そうだな……なぜ気付いてやらなかったのか……」

納得した二人は、リュブランへの過去の自分達の態度などを思い出し、後悔を口にする。

一方、フィルズは本を閉じ、奥へと声を掛けた。それは、ここの管理者へだ。

「リド」

《は～い》

出て来たのは、灰色のクマ。灰色のベストを着て、小さなベレー帽を頭に載せている。そんなクマに、フィルズは持っていた本を差し出す。

「コレとマグナが書いた薬草関連のものを俺の部屋に運んでおいてくれ。後、フーマ爺達から執筆依頼がきてる。原稿と資料を運ばせてるから、優先的に頼む」

《あいっ。まかせて！》

リドは、本を受け取り、ポテポテとまた奥に戻って行った。奥には、リドの他に二体の執筆担当のクマが居る。リドの弟妹という設定だ。因みに、薬草の情報を書いたマグナというのは、リュブランの仲間の一人で、セイスフィア商会の従業員でもある少年だ。

リドはこの図書室にある本について、どこに何があるかを管理しており、長く自習する者達に時間を知らせたり、必要となる物を持って来てくれたり、休憩スペースにお茶を用意してくれたりする管理者だ。よって、呼べばすぐに出て来る。だが、リドの弟妹はまず奥の執筆室から出て来ない。

この世界には、印刷器具がないので、全て手書き。『筆写士《ひっしゃし》』という職業があり、家を継がない貴族の子息がなる職業の一つ。

それなりに知識も持っていなくてはならないため、ただ字が上手いというだけでは認められない。試験もあり、これは商業ギルドが行っている。試験とは言うものの、調べる力があれば良いので、辞書のような覚え書きを持ち込んでも構わない。

更には、家に持ち帰っても良い。提出するまで試験官が張り付くことにはなるが、問いの答えを知っている人を探し、呼ぶことも可。ただし、期限は三日以内。

とにかく、その問題が解ければ良い。問題は、簡単な計算から各種研究の知識や癖字《くせじ》の解読まで様々だ。それが百問。

原書は手書きなので、癖字もあって読み辛い。それを万人向けにするとなると、解読力が求められる。いかに手間や時間を惜しまず、正確に本として作り上げられるかが重要だ。

これで分かるだろう。『筆写士』はとても少ない。これにより、本が普及し辛いのだ。

もちろん、商業ギルドは、お抱えの『筆写士』を確保している。育ててもいる。それでも、十分に普及させるには無理があった。

そんな『筆写士』の試験を、リドとその弟妹クマは受け、即日合格を貰っていた。当然だ。全てのクマは繋がっており、知識は全方向から取り込み放題なのだから。

これにより、多くの本が現在も三体のクマ達によって写されていた。お陰で、この図書室には貴族家が持つ以上の本が集まっている。更には、フィルズやクラルスが書いた物もあるので、王宮よりも情報は豊富かもしれない。

「さてと。二人にも話があったんだ」

フィルズは二人に向き直った。そして、今度は部屋の入り口の扉のある方へと声を掛ける。

「トマ、ユマ、入って来い」

《《は～い》》

やって来たのは、二体の二足歩行するウサギのぬいぐるみ。護衛の魔導人形だ。

フィルズは二体を前に進ませ、手で示す。

「こっちの灰色の方がトマで、カリュエルにつける」

《どうぞよろしく》

トマは片手を胸に当て、優雅《ゆうが》に一礼する。耳がピョコンと上下するところがクラルスのお気に入りだ。

「で、こっちの薄茶色の方がユマで、リサーナに」

《よろしくおねがいします》

　こちらは女らしい。片足を少し下げてカーテシーを決める。二体はどちらも騎士の制服のような紺色のジャケットを着ており、短パンを穿《は》いている。そして、それぞれの腰には剣があった。

「「……え……」」

　リサーナとカリュエルは目を丸くし、これにフィルズが首を傾げる。

「ん？　聞いてなかったのか？　お前達の護衛の魔導人形を王に頼まれてたんだ。護衛だけじゃなく、給仕《きゅうじ》もできるし、話し相手にもなる」

「っ、クマ様と同じ？」

「っ、クマ殿と同じなのか？」

　二人はここで暮らすことで、クマ達の有能さを理解している。呼び方も敬意がこもっていた。

「ああ。ちょい違うのは、剣とか武器も使えるってことかな」

　クマ達は基本、身一つの体術を使う。ウサギは警護することに重きを置いているため、短剣やレイピアなど、武器を扱えるようにもしている。もちろん、体術も問題なくできるが、あえて武器が使えると見せることにした。

「腰についてるポーチはマジックバッグだから、必要のない時は、そこに武器もしまえる。大事な物とかも預けられるぞ。動いて自衛もできる金庫にもなるってことだ」

「「……国宝級では……？」」

「ん？　けど、特別仕様じゃないぞ？　これが通常。兄さんのクルフィもそうだし」

「……そうか……」

「……そうですか……」

このすごさがフィルズには伝わらないのだなと、二人は熱意を心の内に押し込めた。

「今日からこいつらと行動してくれな。俺はリュブランやマグナ達を連れて出掛けて来るから」

「「どこへ？」」

これに、フィルズは何でもないことのように続けた。

「ほら、先王達が来るだろう？　その途中に厄介《やっかい》な盗賊《とうぞく》が出るって聞いてさ。リュブラン達と迎えに行きがてら、討伐して来るわ」

ひらひらっと手を振って部屋を出て行こうとするフィルズ。その背中を見ながら、二人は聞いた言葉を頭が理解するのを待っていた。

「「……へ？……」」

「ってことで、留守番よろしく。何かあったら、そいつらで通信もできるし、母さんも居るから大丈夫だろ。じゃあな～」

「「…………ええっ⁉」」

危ないとか、リュブランも一緒なのかとか、色々と言いたいことはあっても口から出て来ないらしく、二人は戸惑いの声を上げただけ。

それに背を押されるように、フィルズはゆったりとした足取りで部屋を出て行った。

ミッション② 盗賊退治に出発しよう

フィルズは、商会長としての仕事をしながらも、定期的に冒険者としての活動もしている。

上級である四級冒険者となり、相棒《あいぼう》である守護獣でバイコーンのビズや、フェンリルの三兄妹であるエン達を守れる立場を手に入れたから、それで終わりというわけにはいかない。当然、体は動かさなければ鈍《なま》る。そして、現場に出ない日が続けば、それだけ感覚も鈍るのだ。

それは、大袈裟《おおげさ》かもしれないが、冒険者にとっては命に関わることとなる。よって、フィルズは数日に一度は、冒険者として活動することにしていた。

もちろん、毎日の訓練は欠かしていない。商会が軌道《きどう》に乗ってからだったが、元々あった訓練場の休憩所に地下への入り口を作り、新たに地下訓練場を用意した。お陰で、雨の日も問題なく剣を振れるというわけだ。

それまでは、雨の日はビズやエン達に提供した住処《すみか》の片隅を借りていた。そこは半地下になっていたのだ。そうして、感覚が鈍らないように気を付けていた。

話は遡《さかのぼ》り、リサーナ達に会う数時間前、フィルズは冒険者ギルドを訪れていた。フィルズの姿を見て、冒険者達が声を掛けて来る。

「おっ、フィル。今日は一人か？」

「どんな依頼受けるんだ？」

「っ、ビズの姐《あね》さん来てる⁉」

「エンちゃん達は？」

「ジュエルちゃんは留守番か？」

答える前に、次から次へと問い掛けられ、フィルズは顔を顰《しか》めた。

「一気に聞くな……今日はリュブラン達も連れて来てねえよ。ビズは外。エン達は留守番だ。いい依頼あるか？」

これだけ言えば、ビズに会いたい者や、挨拶せずにはいられない者達が外に出て行くし、帰りにエン達に会いに行こうと計画する者も居る。そして、フィルズの実力を知っている冒険者達は、オススメの依頼を教えてくれる。ついでに、フィルズに知っておいてもらった方が良いと思う情報も口にした。

「またトレント狩りの依頼があるぜ。あと、隣の男爵領《だんしゃくりょう》……いや、元男爵領か。なんか、鉱山でゴーレムが出たとか聞いた」

「それそれっ。俺も聞いた。けど、見たって話はあったけど、未だに倒したって話がねえんだよ。まだ他がゴタゴタしてるから、調査ができてねえんだと」

「へえ……」

フィルズは良い素材が手に入るゴーレムは是非とも狩りたいと思っているため、これに頭の中でチェックを入れる。そして、次の情報。

「こっから王都方面の街道で、厄介な盗賊が出るらしい。大きめの商隊と貴族を専門にしてる」

「そうそう。アレだろ？　西の国から来たってやつ」

「私らはそれ、義賊《ぎぞく》だってのを聞いたよ？　実際は知らないけどさ」

「フィルも商隊とか組むこともあるんだろ？　気を付けろよ？」

それを聞いて、フィルズは考え込む。

「ああ……貴族も狙うのか……」

フィルズの頭に浮かぶのは、数日後に来るという先王夫妻と父である公爵のこと。フィルズが王家に献上した馬車と公爵の持つ馬車ならば、魔獣にも強いため、盗賊が襲って来ても安心して籠《ろう》城《じょう》できる。緊急の連絡ボタンまで付いているため、それがホワイトとゴルドに繋がり、すぐに近くの冒険者や騎士に応援を頼むこともできるのだ。

よって、安全性のあるその馬車を二台連ねて来るならば、問題はないと言っても良い。しかし、王家が本当にその馬車を貸すか分からないし、荷物だってそれなりにあるだろう。更に、その夫妻は身体的な弱さも出ている。ならば、連れて来る人数も多いはずだ。

考え込んでしまったフィルズに、近くに居た冒険者が心配そうに声を掛ける。

「フィル？　なんか気になるのか？」

「知り合いの貴族が、近々こっちに来るんだよ」

「お得意様ってやつか？　そりゃあ心配だな……」

商会長として、貴族の顧客《こきゃく》も持っていることは、冒険者達もすぐに予想できる。フィルズが客として認めているのなら、問題を起こさない貴族なのだという信頼もある。冒険者達は揃って心配顔をした。そして、一人が提案する。

「討伐に出るんなら、俺も手伝うぜ」

すると、これに何人も呼応する者達が居た。

「俺も手伝う」

「私も」

「じゃあ、俺も」

次々に手が挙がるのを見て、フィルズが目を瞬《またた》かせた。

「いいのか？　厄介な奴らなんだろ？　それに、王都までの間って結構あるから、場所の特定も面倒だぞ？」

この公爵領内ではない可能性が高いのだ。遠出になる。それは、その日だけでケリを付けられるかも予想できない仕事だ。

五級以下の冒険者は、その日その日での稼《かせ》ぎを当てにして生活する者も多い。多くの冒険者にとっては、割に合わない仕事になるのは間違いなかった。だが、手を挙げた冒険者達はそれで構わないと笑う。

「いいんだよ。だって、フィルには世話になってるしよ」

「そうそう。ちょっと前から、俺らで領内の盗賊だけでも殲滅《せんめつ》しようかって話してたところだ」

「あっ、それ言うなよっ。内緒だったのに……」

「ははっ。いいじゃんか。ってことで、先に場所を絞り込むか」

「だな。フィル、こっちは任せてくれ。なあに、俺らの情報網を使えばすぐだ」

「その間、お前はトレント狩りとかを頼むわ」

そうして、トントン拍子に色々と決まっていく。職員達も心得たと、ギルド長のルイリに報告に行ったり、フィルズに任せる討伐系の依頼を整理して紹介したりと動き出す。

「……ったく……」

フィルズは思わずふっと笑う。そして、小さく呟いた。

「……ありがとな……」

聞こえないが、フィルズが嬉しそうに笑っているのは見える。冒険者達は更にやる気を漲《みなぎ》らせ、出掛けて行った。

「よっしゃー！　やるぜ！」

「「「「おおっ！」」」」

国内でも、ここまで冒険者がまとまるのは、この冒険者ギルドと辺境伯領都にある冒険者ギルドだけだろう。そして、何より優秀な冒険者達が集まっている。

元特級の冒険者だったルイリに憧れて来る者も多いし、ここ最近は特に自主的に、己を鍛えようと訓練をする者が多かった。その理由は明らかだ。

「是非ともクマ様達との訓練の成果を見せねば！」

「イリー教官に報告しねえと！」

「俺も、俺もっ。やったるぜ！」

フィルズは少し呆れ顔になる。イリーとは、子ども達にも武術を教えているクマの一体。普段は店の警備担当だ。

二階の執務室から降りて来たギルド長のルイリが、この騒ぎに気付いてフィルズの肩を叩く。

「イリーのお陰であいつら、確実に強くなってるから、こっちに文句はないぞ」

「……教官とか呼ばれてんだけど……」

子ども達のついでに、冒険者にもちょっと稽古を付けてやっているとは聞いていたが、そこまでは知らないとフィルズはため息を吐く。だが、良い傾向ではあるのかもしれない。

「まあ……クマ達が受け入れられてるって思えば……いいのか？」

「いいんだろ」

ルイリも同意したので、まあいいかとフィルズも納得した。この後、盗賊のことは冒険者達に任せて、フィルズはまだまだ施設《しせつ》を増やす可能性もあるため、役に立つトレント素材を求めて狩りに出掛けたのだ。

そして、翌々日。盗賊の情報が出揃い、出没する場所も大方の見当が付いたことで、リュブラン達も連れて盗賊退治に出掛けることになった。

フィルズは、冒険者達が集めてくれた情報を元に、更に情報の確度を上げるべく、隠密ウサギを放っていた。これにより、より正確に盗賊の居場所や情報が今現在も、集まって来ている。

この日、フィルズが商会から連れて行った人間は、リュブラン、マグナ、義足を付けた少年フレバー、彼の父であり隣国から追放された元将軍リフタールの四人。

そこにビズ、フェンリルの三つ子のエン、ギン、ハナ、ドラゴンのジュエルも加えて、盗賊退治に出掛けることになった。

更に、今回の移動手段として長距離遠征《えんせい》用の魔導車を用意した。これの運転手はイワトビペンギン型の魔導人形ペルタだ。この大所帯で冒険者ギルドに向かった。

手伝うと言って一緒に行くことになった冒険者は、所属パーティも違う五人の男女。この五人は、冒険者の中で選ばれた者達らしい。周りには見送りのために集まった冒険者達がおり、その中心で誇《ほこ》らしげにしていた。

そこに、なぜかこの領都の騎士団長であるヴィランズが交ざっていたのだ。フィルズが提供した動く義手を嬉しげに嵌めている。その傍には申し訳なさそうな顔のギルド長、ルイリが居た。

「……何してんだヴィランズ……」

明らかに見送る側ではなく、待ち構えていたという体《てい》のヴィランズを見つけて、フィルズは思わず呟く。

「おうっ。俺も行く♪」

「いや、冒険者ギルドに来た依頼だぞ。騎士団長が領を出て活動するのはダメだろ……」

そうして、説明を求めるべく、視線をヴィランズからルイリへと移す。

諦めた様子で、ルイリが一歩前に出て来た。

「俺もどうかと思うが、向かう先には、公爵も居るんだろう……そこの対応は、コイツが居れば多少は楽になる……かもしれん」

「微妙にルイリの親父が納得してねぇのは分かった」

「……おう。ありがとな……」

ルイリ自身も、騎士団長は出て行ってはダメだろうと思っているようだ。しかし、彼としてはフィルズのことも心配だし、出会う可能性のある貴族というのが、フィルズの実の父親と先王夫妻であるため、フィルズだけでは手に余る相手だろうと思っていた。

ルイリは、国王とフィルズが親しくしていることを知らない。お忍びで以前、王が来ていたことは知っているが、その時は公爵も居たし、王侯貴族との付き合い方も知っているクラルスも傍に居たため問題はないと思っていた。

しかし、今回はフィルズがリーダーだ。公爵が実の父親とはいえ、対応するのはフィルズになる。貴族相手に、それも先王相手にきちんと対応できるかを心配していた。

その不安を解決したのがヴィランズだ。突然、参加すると言って今朝方やって来た。本来なら冒険者ギルドの仕事に騎士が介入するのは良いことではない。

だが、ヴィランズは元王国騎士団長で、先王とも顔を合わせたことがあった。王国騎士団長として、貴族への対応の仕方も知っている。よって、これを許可したというわけだ。

「ヴィランズは、中央で顔も知られている。貴族への面倒な対応は全部任せてしまえ。お前は、盗賊にだけ集中すればいい」

心から、ルイリがフィルズを心配しているのが分かった。これは当然かもしれない。盗賊退治をフィルズはあまりしたことがなかった。とはいえ、やったことがないわけではない。

皆、実力があると知ってはいても、まだ十代の少年に、人を傷付けさせることに戸惑っているのだ。それが、息子のように思っている者ならば尚更だろう。

他の冒険者達も、それを思ったから彼らの方でいつも盗賊退治を優先して受け、今回も数人を選抜してフィルズに付けたのだ。見送りに来たのも、この気持ちの表れだった。この町の人々の多くが、フィルズを息子や弟のように思っている。

その気持ちを察し、フィルズは苦笑する。だが、好意であることは分かっているのだ。ならばと笑顔に変えた。

「分かった。手に余るようなら、貴族の方はヴィランズに任せるよ。そっちより、親父達に付いて来てる騎士達の方が面倒そうだし」

「確かに……バカにされたら、遠慮なくやれ。ヴィランズが居るから問題ない」

「分かった」

「っ、いやいやっ、何で騎士をボコるの推奨《すいしょう》してんの⁉」

うんうん任せろと聞いていたヴィランズがすかさずツッコんできた。だが、一度決まった方針を変える気はフィルズとルイリにはない。

二人は揃ってヴィランズに当然だろうという顔を向けると口を開く。

「「任せていいんだろ？」」

「そういうとこ……そういうとこ似てる……分かりました！」

「「よし」」

二人で満足げに頷いた。そして、出発となったのだが、その時にひと騒動あった。

「ずりぃ！」

「ペルタさんの魔導車ぁぁぁ。私も乗りたいぃぃぃぃ」

「ペルタさんっ。道中お気を付けて！」

「いいなぁ……いいな……今からでもあいつを再起不能にして交代……」

「エンちゃん達と遠征っ。羨ましいぃぃぃぃ!!」

「ジュエルちゃぁぁぁん」

「ビズ姐さん！　お気を付けて！」

「「「「お気を付けて!!」」」」

見送りが騒がしかった。それも、人への言葉がほとんどない。

「……まあ、いいけどさ……」

そろそろ出発したいなとフィルズは考えながら、一部の冒険者が不穏な気配を漂わせ、遠征に参加する者達を取り囲み出したのを見て動く。

「お前ら先に乗ってろ」

「「「「喜んで！」」」」

魔導車に放り込まれた遠征組の五人は、ちょっと涙目だった。そして、フィルズは商会長らしく、残された冒険者相手に営業をする。

「ペルタの運転とはいかねえが、公爵領内を巡る定期魔導車を用意してるんだ。近々、お披露目《ひろめ》するからよろしくな」

「「「「え……乗る！」」」」

「おう。ペルタと同型のペンギンが運転手だから……」

「「「「乗る!!」」」」

「……わ、分かった。じゃあ、後日な」

「「「「やったー!!」」」」

これは、魔導車に乗りたいのか、ペンギンを気に入ったのかどちらか分からないが、何にせよ上手くいきそうだった。

「そんじゃ。出発するぞ」

そうして、ようやく出発となったのだった。


今回の魔導車は、人数が多いこともあり、二台を連結している。運転手はリュブランと補佐のペルタだ。

一台の大きさは、小型のトラックくらい。見た目も似ている。ただ、先頭の部分も四角張っていて、おもちゃのようだ。塗装は濃い茶色で全て統一してある。中は当然のように空間拡張の魔法陣を利用しており、二段になった寝台ベッドが、前方の壁際に二つずつと、それに挟まれて真ん中に一つ。

車の中央には大きなテーブルが一つと、小さなテーブルが二つ横に並んでいる。後続の二号車の方にもベッドとテーブルが同じように入っている。

そして、トイレとシャワー室付き。持ち運び式のキッチンセットも乗せているが、一号車にだけは立派なカウンター付きのオープンキッチンが付いている。更には、中と外に梯子《はしご》があり、屋上に登ることが可能。これは見張り用だ。

連結部には、移動中も渡って来られるよう、短い木の橋がかかっている。今は前方の一台に全員が乗っていた。

この魔導車に乗り込んで数分。五人の冒険者達は椅子に座り、ガチガチに緊張した様子を見せている。五人の内訳は男三人に女二人だ。年齢は四十に差し掛かろうというくらい。彼らは中を見て驚いたようだ。床に絨毯《じゅうたん》が敷いてあるため、貴族の屋敷の一室に居るような気分なのだろう。

そして、ついにヴィランズが口を開いた。

「……フィル坊……これはちょいやり過ぎじゃね？　ベッドもあるとか意味不明なんだけど」

「だって、遠征用の車だし。母さんが乗るかもしれんだろ？　旅慣れしてて、野営も問題ないって聞いてても心配」

「うん。俺もそれは心配。クーちゃんを外で寝かせるとかないわ〜」

「だろ？」

クラルスは流民で、過去には旅の生活をしていた。当然、野営も問題なくして来ている。だが、今の天真爛漫《てんしんらんまん》なクラルスからは想像できないのだ。ただの心配性、過保護と言われても、できれば快適な寝所と移動手段を用意してあげたい、と息子なりに思ったのだ。

フワフワ、キラキラしたクラルスに、野営させるなんて以ての外と思う気持ちは、ヴィランズや冒険者達の方が強かった。女性達にとっては、クラルスは可愛い妹ポジションらしい。緊張して、背筋を伸ばして座っている冒険者達もうんうんと頷いている。

「それに、戦いとは無縁の従業員も中には居るし、義手や義足の需要《じゅよう》も高まってる。その内、出張もありそうだから、さすがに、毎回営業車出すのもと思ってさ。小型のを用意したんだよ」

「……これ、小型……？」

「そうだけど？」

「……そうなんだ……」

ヴィランズは、ツッコむのをやめた。フィルズが当然という顔をしていたためだ。どのみち、作ってしまったのだからどうにもならない。

そうして、大分移動にも慣れて来た頃。フィルズは昼食を作り始める。

車を停めることなく食事の用意ができるのは、それだけでかなり移動時間を短縮することになる。これだけでも、冒険者達や騎士団にとっては、とても有益なこと。用意された食事は、彼らにはそれこそ貴族が食べるのではないかというメニューに見えた。

昼食は、四角い三つの部屋に分かれたプレートに用意された。右上には、オイルドレッシングのかかった花束のような新鮮なサラダ（野菜が花の形になっていたりする）。その隣、左上にはヴィランズが好きな一口サイズになったコロイモの素揚《すあ》げ。軽く揚げた後に、カリッと焼き上げた物が積み上がっている。端にトマトのケチャップも付けた。

メインはやはり肉。鶏肉の照り焼きだ。胸肉だが、火の通り方が絶妙なため、とても柔らかくてプリプリだ。パンは籠《かご》に入っていて、テーブルの真ん中に三籠。中にはロールパンが入っている。これで腹を満たせということだ。

「スープもお代わりあるから、好きにしろ。おかずが足りんとか言うのは受け付けん。足りなければパンを食え。後、今日の夜営予定の場所の近くに、別の盗賊団のアジトがあるから、ついでにそれも潰すぞ」

フィルズは、わざとその盗賊団のアジトの近くで夜営するつもりなのだ。対人戦に慣れないリュブランやマグナの練習にもなるという目論見《もくろみ》だった。こちらには、元将軍や騎士団長が居るのだ。不利になることはない。

「今の内にゆっくりしとけよ」

「「「「……了解……食べていいですか」」」」

「おう」

お許しが出ると、黙々《もくもく》と食べ始める面々。なぜか、冒険者達もお上品に食べる。味わって食べているらしい。運転手をしているリュブランも、昼食は一緒に食べる。ペルタだけでも運転可能だからだ。

贅沢《ぜいたく》な食事を堪能《たんのう》した一同は、魔導車にも慣れ、見張り台に上がってみたり、外を走るビズに乗せてもらったり、後続車に乗っているエンやジュエル達と遊んだりして過ごした。

そして、本日の夜営地に着く。外で食事やテントを準備する必要がないので、一般的に夜営地として使われる広い場所を選ぶ必要がない。車を、街道を避けて停められれば、どこでも問題なかった。これなら他の夜営者達を気にする必要もない。

隠密ウサギの情報が正確なのは、冒険者達も分かっているため、ここに盗賊が来るということを疑ったりはしない。フィルズが来ると言うなら来るのだ。

そこで、冒険者達やリュブラン達は体をほぐし始める。リュブランとマグナは、移動中に対人戦における心構えなどを、冒険者達やヴィランズ達から聞いており、それを確認していた。

そして、一時間もしない内に、怪しげな気配が近付いて来たのに気付いた。間違いなく、前哨《ぜんしょう》戦《せん》として予定している盗賊達のものだった。

夕日が沈みかけ、魔導車からの淡《あわ》い光が辺りを明るく照らす中、フィルズは始めようかと、ニヤリと笑った。

◆　◆　◆

その盗賊達は、この辺りでは敵なし。馬車は馬車ごといただくし、村を襲えば食料から他国で売れる『人』まで好きに手に入った。アジトは森の奥深くで、定期的に魔物避けの香《こう》を焚き、気に入らない騎士や冒険者が入って来たら、本来なら使用禁止の魔寄《まよ》せの香を使って、魔物に襲わせる。

この手口で失敗したことのない彼らは、この日、それを見つけた。

「なんだありゃあ……」

見張りの者が、見たこともない立派な『馬が引かない馬車』を見つけた。噂で聞いてはいた。ここから領を三つ越えた辺境伯領の方で、その不思議な馬車が走っていると。それは、最近出来た商会のものだと。

馬が要らないということは、魔力か魔石で動いているのだろうというのは、想像できた。それは夢のような馬車だと話し合ったものだ。

そして、今日初めてそれを見たのだ。見張りの者は、即座に仲間達に声を掛けた。

「すげえ……本当に馬がいない……」

「それも速い……」

「あの隣を走ってるのは……守護獣じゃねえか？」

一本角の馬でも珍しいのに、二本の角がある。それは間違いなく亜種《あしゅ》だろうと察せられた。

「それなら、高く売れるなんてもんじゃねえ。王族にも売れるんだ。一生遊んで暮らせるぞ」

「そりゃすげえっ。よし、頭《かしら》に報告だっ」

見張りの者達は、急いでアジトへと報告に走った。

このアジトは、実は隠れ住んでいた没落貴族の別邸。その貴族も亡くなり、管理もできなくなった屋敷を盗賊達が見つけてアジトとしたのが、今から百年も前のこと。

森の深い位置。それも、領の境界線にあたる微妙な場所。よって、見回る者もいなかった。没落貴族の身内もこの屋敷の存在を知らず、残った血筋の者も、既に平民となっていたため、記録も何もなかったのだ。

そんな経緯から、盗賊団は年を重ねるごとに大きくなり、この国で最も大きく、最も安定した生活を送れる、盗賊達の安住の地となっていた。

同業の者達には、この盗賊団に入れれば安泰《あんたい》とまで言われている憧れの一団だ。そして、長く続く盗賊団ゆえに、決定的に他の盗賊団と違う点がある。

「姐さん達も一緒に出るんで？」

「ええ。そんな立派な馬車を守ってる護衛が気になるじゃない？　ねえ？」

「そうよね。あの子にいい旦那《だんな》が居るかもしれないものっ」

「あんたも、いつまでも一人でいないで、お嫁《よめ》さん攫《さら》って来なさいよ」

「いやあ……俺は……」

この屋敷に住む盗賊達は、皆家族のようなものだった。頭目の妻、子どもも三人。他の盗賊達も、惚《ほ》れた女性を攫って来て、妻として生活していた。お金を稼いで物を買うということが、どこかから奪って来るということに変わるだけ。いわば普通の生活だ。

盗賊という職業に就《つ》いているというだけだと、連れて来られた者達もすぐに受け入れる。逃げ出す者が居ないのは、どれだけ外では残酷《ざんこく》なことができても、身内には甘くなる性質だから。盗賊であろうと、温かい家庭には憧れがあり、妻や夫には愛してもらいたい。

だから、妻として狙う相手は、天涯孤独《てんがいこどく》になった者が多かった。攫われて来た者達も、家族というものに憧れがあり、すぐに受け入れるというわけだ。

「なんか、嫁さん居なくても、ここに居られるだけで幸せで……」

家族に憧れる者が多いため、この盗賊団に入れるだけで満足してしまう者が大半らしい。けれど、そんなお人好しでも、外ではきちんと盗賊として働いて来るのだ。

物は壊しても、ほとんど人は殺さない。だが、略奪《りゃくだつ》は遠慮なく行う。所詮その場では殺さないだけだ。怪我の末に亡くなることが多いこの世界では、十分に凶悪な盗賊団の部類に入る。

不遇な生活を送って来た末に辿り着いた者が多いため、正義感を振りかざす者が嫌いだ。そしてもちろん、良い生活をしている貴族や商人が嫌いだった。そんな勝手な気持ちから彼らは行動する。

裏切りなど珍しくないこの業界で、それでもこの場所を誰も特定できなかったのは、この場所が彼らの聖地だから。それと、身内に迎え入れる者を選ぶから。

「そういえばこの前、ウチに来たいって言っていた子はどうだったの？」

「ダメでした」

「あら、残念。ちゃんと始末した？」

「はいっ。魔獣の餌《えさ》にしときました」

「そう。それなら安心ね」

裏切りは許さない。不適格となった者は、残らず始末していたのだ。しかし、この日。その盗賊達の聖地もバレることになる。手を出してはならない者達に手を出したから。何よりも、フィルズに目を付けられたからだった。

そうとは知らない盗賊達は、今日も簡単な仕事だと思って戦闘体制を整え、奇妙な馬車と守護獣を奪うべく出掛けた。その屋敷に、隠密ウサギが入り込んだとも知らずに。

頭目の男も、その馬車が停まった場所へと到着し、目を丸くした。

「……本当にすげえ馬車だな……」

「っすよね。それで、あの二本角の馬なんすけど」

「おお。きっと間違いねえだろう。だが……立派だな……」

「そうなんすよね……馬番達も、御《ぎょ》せるか分からないと言ってました」

「そうか……いや。だが、アレが守護獣なら話が通じるはずだ」

「なるほど……さすが頭。よく知ってるっすねっ」

「まあな」

守護獣は賢く、人と縁を繋ぎ、国の護《まも》りにもなる存在だ。彼は、この盗賊団という家族を守るため、先祖から受け継いだ知識や情報をきちんと頭に入れていた。

「それにしても……アレは商隊……なのか？　商人らしいのが見当たらないが」

「そうなんすよ。確認できたのは、護衛らしき者と子どもです。なので、商隊じゃなく、貴族の子息の移動じゃないかと……そうなると、乗せてる者には期待できそうにないっすね……」

襲った貴族は、男女どちらでも売り飛ばすが、成人前の子どもには手を出さないようにしていた。貴族の報復を避けるためだ。貴族が夫婦で乗っていたら二人とも売り飛ばす。だが、女性だけだったり、母子の場合は見逃す。

ただし、護衛は全て使い物にならなくしたり、売り飛ばす者として生け捕りにしている。だから、今回奪うのは、馬車と守護獣と、護衛の中で売れそうな者だけとなりそうだ。

そこで、ふと思い出す。

「そういや、あの女……」

先日、商隊を護衛していた女性を一人、捕らえていた。商隊の者達はその女によって全員逃がされてしまい、許しがたい屈辱《くつじょく》を味わったが、なんとその女は自分を売り込んできた。女で戦える者は奴隷《どれい》として他国では高く売れる。

『恩ある商隊だった。だから、見逃してくれた礼に、自分を……』

そう言われても、いつもならば商隊を逃したことで苛《いら》つき、許さなかっただろう。だが、なぜかその女の目を見たら素直に頷いていた。

「あの感覚は何だったんだ……」

従わないといけないような、許さなくてはならないような、そんな不思議な感覚が体を駆け巡ったことを覚えている。

そんなことを考えていると、そこに妻達がやって来た。これにより、思考は途切れた。

「どう？　あなた。狙いは定まった？」

「ああ……そうだな……あの少年達が貴族の子どもかもしれん。その遠征訓練で、商会が馬車を貸したんじゃないかと思う。そうなると……」

馬車から出て来ているのは大人が七人。十代の少年と青年が三人。全部で十人だった。

「これで全員？　確かにあの子は貴族の子息って感じね。まるで王子様だわ」

少年の一人に視線が集まる。金の髪は、庶民には少ない。彼らの潜む場所からは、貴族特有の瞳の色までは確認できない。それでも、整った顔立ちは、貴族の子息と判断しても良いほどだった。

夕陽に照らされた金の髪は、キラキラと光っており、良い環境で育ったことが確信できる。

「ねえ。あの子が庶子《しょし》なら、ウチの子の夫にしてもいいわよね？」

「そうね。ダメでも、あっちの二十歳くらいの子もいいと思わない？」

「ええ。いいと思うわ」

「なら、あなた」

「おう。行くぜ野郎ども」

盗賊達は、行動に移った。姿を現した盗賊達を見て、警戒する護衛達。顔が強張っているのが分かり、盗賊達はニヤニヤと笑っていた。

しかし、彼らは知らない。護衛達の顔が強張って見えるのは、こちらを舐め切った間抜けな盗賊を見て、ついニヤけてしまう顔を必死で隠すためだということ。最も実力ある者は、馬車の中から彼らを見ているということ。

そして、既にアジトは、捕らえていたはずの女によって押さえられているということに、盗賊達は気付けるはずがなかった。

フィルズは、この野営地に着いてから馬車を降りることはなかった。理由は、隠密ウサギ達からの連絡を集中して受け取り、指示するためというのが一番大きい。

◆　◆　◆

他には、エン、ギン、ハナ、それとジュエルを不用意に盗賊の目に入れたくなかったから。彼らもウズウズしているが、外へ出すのは、エン達を見た盗賊全員を確実に処理できると確信できてからにしたい。

守護獣は悪意を持つ者に敏感だとはいえ、まだエン達は子どもだ。罠にかかることだってあるだろう。そうした経験も必要だが、だからといっていきなり現場に出すつもりはない。よって、しばらくは後衛で観察するようにとエン達に言い含めていたのだ。

「いいか？　お前達。人はいくらでも狡賢《ずるがしこ》くなれる生き物だ。それに、相手が人数を揃えて来たら、いくらお前達でも捕まっちまうかもしれねえ」

《ワフ……》

《クンっ》

《キュン？》

《クキュ！》

長男のエンは『そういうこともあるのか』と考えながら、次男のギンは『なるほど！』と素直に頷く。末っ子のハナは『そうなの？』とふわっとした納得。ジュエルは人の狡賢さも微かに過去の記憶があるのか、フィルズの肩に掴まって、『そうなんだぞ！』と注意する側に居た。
「母さんにもいつも言われているだろう？　お前らは可愛い!!」
《ワフ！》
《クンッ！》
《キュン♪》
《クキュ〜ゥ》
毎日、クラルスに可愛いと言われ、ギュっと抱っこされる。町の人達も、可愛い可愛いと言って甘やかしてくれる。だから自分達は『可愛いんだ』とようやく理解したらしい。
「可愛いってのは重要だ。男でも女でも、子どもでも大人でも、欲しいと思う。ハナも、母さんの帽子が可愛いから欲しいって思っただろう？」
《キュン！》
そうだったとハナは頷く。
「それと一緒だ。可愛いお前達を欲しいって思うんだ。それで、いっぱいお金をくれる人に渡そうとする。お金は分かるな？　色々買えるやつだ」
《ワフっ》
《クンっ》
《キュンっ》
《クキュっ》

揃って『分かるー』とのお返事。セイルブロードで日々買い物する人々を見ているため、エン達もお金の使い方を知っていた。
「人は、それを沢山欲しいと思う。だから、いくら払ってもエン達を欲しいって人に渡そうとするんだ。そうなると、ずっと籠に入れられて出られなくなる」
《ワフ⁉　ワフワフっ》
「ああ。エンならその籠を燃やせるかもしれない。けど、もしかしたら、火に強い籠を作ってるかもしれないだろう？」
《ワフ……っ》
エンはそうなったらどうしようと小さくなる。
「ギンとハナとも離れ離れになるかもしれない」
《ワフ⁉》
《クン⁉》
《キュン……っ》
これで十分に怖さが分かったようだ。
フィルズは、不安がる三匹を乱暴に撫でて笑って見せる。
「大丈夫だ。だから、俺やビズが居る。いいか？　無茶はしないこと。俺達の見えない場所には行かないこと。お前達がもっと強くなったら大丈夫だろうが、それまではちゃんと俺らを頼ることだ。分かったな？」

《ワフっ》
《クンっ》
《キュンっ》
《クキュゥっ》
分かったとのお返事だった。そして、その時、外では戦闘が始まっていた。
「お前らは窓から見てること。人との戦い方を見ておくんだ。殺してしまわない程度の手加減も必要だからな。子ペンギン達、こいつら外に出さないようにな」
《《《《《は～いですっ》》》》》
五匹の子ペンギンが、声を揃えて返事をする。人が車中にいなくなったところを見て、掃除を始めていたのだ。彼らは魔導車の管理部隊で、留守番も問題なく任せられる。
「本当なら、もう少しリュブラン達に実戦を経験させてやりたいところだが仕方ねぇ。それじゃあ、行ってく……」
《クキュウ！　クキュウ、クキュウ！》
「ん？」
そこで、肩に居たジュエルがフィルズに訴えた。
「なんだ？　この格好じゃダメって？」
《クキュウ！　クキュ、クキュウ》
「……女装しろって……？」

《クキュキュ！》

「ああ、盗賊を油断させるんだな？　なるほど。母さんの武勇伝を聞いたな？」

《クキュゥ♪》

クラルスが旅をしていた頃のこと。襲われた馬車で弱い女性の振りをして盗賊に近付かせ、手を伸ばしたところでその腕を折ったらしい。そして、捕まってしまった他の女性達を助け出したとか。見た目はふわっとしているが、クラルスは実はとても強い。武神とまで呼ばれる母親から手解《てほど》きも受けて育ったのだ。ヴィランズとの組み手でも圧勝する腕前だった。

「まあ、いいか。それに……アジトに捕まってた人の確認も取れた。あっちも暴れてるらしいし。こっちに来た時に、俺らが味方だって分かりやすい方がいいだろう」

隠密ウサギを向かわせた盗賊のアジト。そこに、フィルズが探していた人が捕えられていた。元々、この盗賊団を見つけたのも、その人を探していたからだ。

数ヶ月前に、フィルズは遊びに来ていた神から、クラルスの両親について情報を貰っていた。『幻想の吟遊詩人』で父のリーリル。『舞の女王』、『流浪の武神』と呼ばれる母ファリマス。その二人が、クラルスに会うために隣国まで来ているという。先日それを思い出し、隠密ウサギに居場所を調べさせた。

そして、とある理由から、フィルズの祖母にあたるファリマスが、この盗賊にわざと捕まったというのを知った。昨晩、盗賊のアジトに侵入させた隠密ウサギがファリマスと接触した際、彼女は出ることを決めた。隠密ウサギにアジト内を探索させたのだが、彼女の求めるものはなかったのだ。

因みに、隠密ウサギの主が孫であることを、彼女はまだ知らない。

「あの人がアジトに居なかったのが、相当腹立ったのかなあ。ばあちゃん、めちゃくちゃ暴れてるらしいし。そのままの勢いでこっちに来られるとマズイな」

盗賊達は大きな間違いを既に犯《おか》していたのだ。それは、武神と呼ばれる人を、売り飛ばす予定の者として捕らえていたこと。これにより、アジトは綺麗に片付き始めていた。

「よしっ。ちょいまだ背が足りないが……何とかなるだろう」

フィルズは髪の色を冒険者仕様の黒から元の藍色《あいいろ》に戻し、瞳の色をクラルスと同じ濃い青に変えた。それだけで、母クラルスにそっくりだ。更に服をワンピースに変え、セットになっている靴も女性用になった。あとは、髪を三《み》つ編《あ》みにすれば少し幼いクラルスの完成だ。

「どう？　母さんに見える？」

《ワフワフっ》

《クゥンっ》

《キュンっ》

《……クキュ……っ》

《《《《みえるです》》》》

ジュエルはそっくりと驚愕していて、その反応にフィルズは笑った。

「ふふっ。なら行って来るわ〜♪」

《クキュゥ！》

その声もそっくりとの感想を貰いつつ、フィルズはゆっくりと魔導車のドアを開けた。まず誰よりも信頼する相棒に静かに声を掛ける。

「ビズ」

《ヒヒィン！》

ビズは、本来ならば決してその声が届かないほどの距離で、盗賊達に囲まれていた。しかし、剣撃の音や怒声の中でも、不思議とフィルズの声は風に乗ってビズへと確実に届くのだ。

たった一言。それだけで、ビズはフィルズが何を求めているのかが分かった。

《ヒヒィン!!》

バチバチという鋭《するど》い音を響かせながら、電撃が盗賊達の間を走り抜けた。

「「「「っ!!」」」」

盗賊達は、ビズに近い者から、声もなくその場に縫《ぬ》い留められたように、足を動かすことなく倒れていく。死ぬほどの強さではないが、これにより、ヴィランズやリュブラン達が相手にしていた盗賊達が戦闘不能になる。

ビズの電撃は、盗賊達にしか効かなかった。こうなることを見込んで、リュブラン達や同行した冒険者達にも、電撃を通しにくい手袋を装着させていたのだ。もちろん、ビズの電撃は魔法のため、上手く制御すれば味方を避けられる。手袋はあくまでも保険だ。味方を守るためというよりも、ビズに気兼ねなく力を使ってもらうための保険だった。

距離があって電撃の効果が少し薄れた盗賊達は、それでも初めて受ける攻撃に驚き、数歩後退《あとずさ》っていた。それを見計らい、フィルズは声音をしっかりとクラルスに似せて告げた。

「全員、攻撃をやめなさい」

意識のある誰もが、反射的にフィルズの方へと視線が惹きつけられた。

リュブランやヴィランズ達も例外ではなく、揃って目を丸くしている。それだけ、フィルズの声にはクラルスと同じように、不思議な力があった。

「ヴィルさんとリュー君達は下がって、こっちへ」

「え？　クーちゃん!?　何で!?　え、あっ、はいっ」

「クーちゃんママ!?　わ、分かりましたっ」

夕陽が森に遮《さえぎ》られて辺りが薄暗くなって来たことも原因かもしれないが、誰もこれがフィルズだとは思えなかったようだ。本物のクラルスより背が低いのにも気付かない。その目はフィルズから離れなかった。

「みんなも早く」

「「「「はいっ」」」」

その声に導かれるように、リュブラン達は撤収して来る。

盗賊達は、電流の痛さが未だに衝撃的だったのか、少し怯えがある様子だ。お陰で近付いて来なかった。そして、フィルズは盗賊達に伝える。ものすごいスピードで、その人が近付いて来る気配がしているのだ。もう、それほど時間はない。堂々と、それを伝えることにする。

「あなた達のアジトは私の手の者が制圧したわ。戻れるとは思わないことねっ」

「なんだと？」

「はっ。お嬢さん、あたしらがそれを信じるとでも？」

盗賊達は負け惜しみだと思ったようだ。しかし、フィルズはニコリと笑う。自信満々に笑う時のクラルスの表情だ。

「あなた達、とんでもない人を捕まえて、アジトに招き入れていたって知らないの？」

「は？　何言ってんだ？」

自覚はないだろう。だからこそ、この作戦が立てられたのだから。

「ほら。来るわよ」

フィルズは右手で彼らの後ろの森を指す。すると、突如その方向から悲鳴が響いた。

「ぎゃぁぁぁぁっ！」

「いやぁぁあっ」

「たっ、たすけっ……！」

森の中で包囲するようにして控えていた、盗賊の仲間達の悲鳴だ。

「な、何が……」

「何が起きてるの……」

悲鳴の出所は時に横に移動しながら、確実に近付いて来る。誰も逃さないというように。潜んでいた盗賊達を余すところなく拾い上げ、悲鳴を上げさせていた。

「とってもお怒りみたいね～」

クラルス仕様のままのフィルズだが、表情が引き攣《つ》らないようにするのに必死だった。ベキベキ、バキバキと音がしているのだ。ズンっと地響きも感じる。間違いなく、木が倒れていた。これをやっているのが、魔獣ではなく一人の人間のはずなのだ。

フィルズは声を抑えて呟く。

「……やべえ……下手したら魔獣の氾濫《はんらん》が起きるじゃんか……ドラゴン並みかよ。すげえな……」

最初は引いていたフィルズだが、段々と笑えて来た。これが祖母だと思えば楽しくもなる。何が来たのか、何が起きているのか。盗賊達は、仲間の断末魔にも聞こえる悲鳴を聞いて、警戒しながら森から距離を取る。

ヴィランズも、その人の力を感じ取ったのだろう。かなり警戒しているようだ。

「なんだ？　何が……一体……？」

そして、答えをクラルスに尋ねようと顔を上げる。そこで、楽しそうにニヤリと笑うその表情を見て、気付いたらしい。

「っ、フィっ、フィっ」

フィルズだと気付き、指を差して動揺する。

そんなヴィランズに目を向けることなく、彼にしか聞こえない声で告げる。その声はフィルズ本来のもの。

「静かにしろ。ヴィランズ。ほれ、お出ましだ」

「は？」

ヴィランズは、そう言われて、ゆっくりとその森から出て来た人を見た。

見た目は四十頃の女性。その髪色はクラルスと同じだ。長いその髪を高く結い、巻き付けるようなローブを着ている。キツく吊り上がったような目には、怒りの感情が入っており、それに睨《にら》まれた盗賊達がヒクリと体を震わせて動けなくなっていた。

「っ、だ、誰だ……？　し、知り合い？」

ヴィランズの問い掛けを聞きながらも、フィルズの目は、その人の手にある武器に釘付《くぎづ》けになっていた。それは、二本の小太刀《こだち》。それがあったかと、フィルズは目を輝かせる。声は興奮のあまり、本来の声色に戻っていた。

「おうっ。俺のばあちゃん！」

「ばあっ……てっ、武神の!?　ちょっ、めっちゃ怒ってんじゃんっ。お前らもっと下がれっ」

ヴィランズはその正体を知り、驚愕しながらも、一歩間違えれば巻き込まれると察し、冒険者達やリュブラン達を慌てて更に下がらせた。

ヴィランズと冒険者五人、そして、リュブラン、マグナ、フレバーにその父リフタールは、魔導車の側面に張り付くようにして警戒していた。

離れていてもその人の怒気は届いており、絶対的な強者の持つ覇気《はき》が周りを満たしていく。経験の浅いリュブラン達だけでなく、冒険者達さえも完全に動けなくなっていた。

誰もが、その人を見失うことを恐れている。

「っ……なんだっけこの感じ……」

フィルズは、速くなっていく鼓動を感じながらふと思い出す。それは商会が忙しかった頃に見た前世の夢。

「……っ、ああ、虫がダメだったな……アレに似てるのか……」

忙しさに追われていた時に見たから、というのもあるだろうが、夢の中の前世の自分は蜂《はち》に追いかけられていた。目を離すのが怖いのだ。次にどう動くのか、しっかり見ていないと、遠くに行くのを見届けないと不安で仕方ない。あの感覚に似ている。

「……目を離したら……最後」

その呟きが聞こえたわけではないだろう。だが、その時、盗賊の一部がその緊張感に耐えられなくなって動き出した。まだその人とは距離があるからと思って、森へと逃げ込もうとしたようだ。だが、驚異的な速さで、森に入る前に追いつかれ、弾き飛ばされた。

「ぐはッ……ッ」

「「ひっ」」

恐怖し、同じように逃げ出そうとする者達。そこにも、すかさず攻撃が入る。そうしてスイッチが入ったらもう止められそうになかった。

ヴィランズも焦り出した。リフタールに目配せを送るが、首を横に振られる。自分達では止められないと判断したようだ。

「ちょっ、どうするんだっ、フィル！　あれはヤバいっ！」

「ヤバいのは分かってんだよ。母さんが言ってたからな。じいちゃんを探してる時に、ばあちゃんに出会ったら、その時の機嫌《きげん》を確認して気を付けろってさ」

その人が捕まってまで探していたのは、自分の夫であった。

クラルスの父は、女装の達人。それも幸運を運ぶ『幻想《げんそう》の吟遊詩人《ぎんゆうしじん》』だ。美人なことも手伝って、攫われることも多かったらしい。

それを助けに行くのが、妻である『武神』の役目。お互いを大事に想い合っているこの夫婦の絆《きずな》は強く、夫を危険に晒《さら》した場合『武神』がブチ切れる。それは、軽く厄災《やくさい》レベルだと聞いていた。

「なんか、どっかの国で旦那《だんな》を攫って、鳥籠に入れた王子だか王だかを半殺しにしたらしい。それでも怒りが治まらんくて、『こんな腐《くさ》った国は認めん！』って言いながら騎士団を壊滅させて、国が滅びかけたって聞いた」

冗談ではなく、一人で国を落としてしまうほどの実力があるらしいのだ。

「え？　何？　あれ、それなの？　旦那探し中？　それでアレっ？　超迷惑！」

「いや〜あ、夫婦仲良過ぎんのも問題なのかもな〜。今度王にも言っとく」

現在、国内の貴族家の夫婦関係を改善させようと動いている国の上層部。こういう夫婦もあると教えておくべきかもしれないと、心にメモを残す。

そんなフィルズに、ヴィランズが訴える。

「呑気っ！　ちょっ、止めなくていいのか!?　虐殺感《ぎゃくさつ》すごいけどっ!?」

「強いよな〜。暗くて良かった」

血溜まりが出来ていそうなのだが、辺りが暗くなって来たこともあり、はっきりと見えないので衝撃はそれだけ和《やわ》らぐ。風向きも良かったらしい。血の臭《にお》いは今のところ感じない。

「まあ、けど、このままだと巻き込まれても文句言えねえ……全員、車に乗れ」

「わ、分かった！　おいっ、急げ！」

未だにその人から目を離せずにいた冒険者達も、ヴィランズが引っ張って正気付かせる。知らず息を詰めていた彼らは、慌てて呼吸をする。

「っ、はっ、あ、はいっ」

そこで、ようやくリュブランが、クラルスではなくフィルズだと気付いたらしい。

「え？　あ、あれ？　もしかして、フィル君？」

「やあねえ。リュー君ってば、もっと早く気付いてよっ」

「っ、声もそっくりっ。フィル君すごい……」

「まあね～♪　さあ、乗って。リフタさん、フレバー君もね♪」

「「っ、はい……」」

フィルズだと知り、けれどクラルスにそっくりな見た目と声に驚く。

けれど、危機が迫っているのは感じているのだろう。素直に素早く全員が車に乗り込んだ。入り口から体を避けながら、フィルズは車の中へ声を掛ける。これは、フィルズの声でだ。

「ペルタ。二号車の一番後ろを開けろ。ビズも中に入れる」

《当然だな。レディだけ外になんてさせねえよ。おい、お前ら、お出迎えしろ》

《《はいです》》

中は空間拡張されているため、体高のあるビズが入っても狭くはない。

《ご主人様よ。ビズ姉さん用の移動車、早く完成させてくれよな》

「ああ。そうするよ」

魔導車の運転ができるペルタは魔導人形のため、夜も寝る必要がない。だから、夜も走ることができるのだが、その場合のことを考えて、ビズ専用の移動車が欲しいと言っていた。

紳士なところのあるペルタには、一晩中ビズに並走させるなんてことはできないらしい。ビズも含め全員が無事に車に乗り込んだのを確認したフィルズは、今度はハナに声を掛けた。

「ハナ。結界で魔導車を覆えるか？」

《キュン♪》

丸々、フワフワしたハナは、その毛で足が少ししか見えないが、その前足を勇ましくタンっと床に打ち鳴らす。もちろん『勇ましく』というつもりだろうなという印象なだけで、見ている分にはただただ可愛いだけだ。外での緊張感が嘘だったように、ヴィランズやリフタールさえも、コレを見て思わず頬を緩めていた。

ハナの結界の効果は、見た目に反して可愛らしいものではない。先ほどまでは、この魔導車に乗っていても地響きが感じられ、飛んでくる土や木の枝などがカツカツと車体に当たる音がしていた。しかし、ハナが結界を展開してからそれらがピタリとやむ。

「さすがハナだな。音もかなり遮断できてる。えらいぞ」

《キュン♪　キュン♪》

更に制御がしっかりして来たことを感じ、フィルズはハナを撫でておく。もふもふの尻尾がすごい勢いで振られた。ハナの結界は内も外も自由自在。神の気配——神気《しんき》さえ通さないのだ。完全防御と言って良いだろう。

リュブランが、少し高い位置にある魔導車の窓から外を確認する。

「……っ、外はなんか……嵐みたい……」

「人が飛んでますもんね……」

同じように窓を覗いたマグナが同意する。そして、冒険者達も恐る恐る覗く。

「音もすごかったよな……人って動く時にあんなに音するもん？」

「足音なら分かるけど、そんな音じゃなかったわよね……」

「そうそう。バサバサ？　ザッザッいってたもんね……アレがクーちゃんのお母さん……確かに髪色は同じなのかも……」

「クーちゃんは可愛い系の美人だけど、あれは怖い系だな」

「なんだよ、怖い系って……まあ、怖いな……」

まだ少し怯えているようだ。外は、竜巻でも起きているような光景で、盗賊は倒れても倒れても飛ばされて打ちのめされている。

フレバーとリフタールも外を確認する。

「あれ……死んでない？　あんな飛ばされて、地面に落とされたら……」

「骨は折れていそうだが、千切《ちぎ》れてはいないしな……まだ生きているようだ。時間の問題かもしれんが……」

空中でシェイクされている感じ。完全に嵐の中、なす術もなく翻弄《ほんろう》される人形のようだ。

「これは、落ち着くまでもう少し待つか……母さんの姿を見て、正気に戻ってもらおうと思ったが……ばあちゃんの腹の虫が多少は治まらんとな……」

クラルスに似せたこの姿を認識しても、止まる確率は百パーセントではないだろう。何より、フィルズ自身がクラルスを完璧に模していると言われたら、それこそ百パーセントとは言えない。寧《むし》ろ、偽者と認識されて攻撃対象になる可能性すらあった。

フィルズはクラルスの姿のまま考え込む。ここまで凄まじいとは想定できていなかったのだ。

「なあ、フィル……上に出るのは大丈夫か？　ハナちゃんの結界の範囲はどんなもんだ？」

ヴィランズは、ハナの結界の強度は信頼しているらしい。エン達も交えて、一緒に稽古することもあったためだ。ただ、結界の大きさまでは確認できていなかったらしい。

「ん？　俺の屋敷全部いけたから、ハナに頼めば大丈夫だ。ハナ。上に出るから、少し上まで広げてやってくれ」

《キュン！》

フィルズの意思を汲《く》み、ハナはきちんと上へと結界の範囲を広げた。

「ありがとな、ハナちゃんっ。ちょっと上から見て来るわ」

「ああ。いくら武神でも、ハナの結界は破れないはずだ……多分」

「そりゃあ、安心だ……多分？」

ヴィランズは聞き逃さなかった。

「仕方ねえじゃん。あそこまで凄まじいとは思わないだろ。アレでもうじき五十だぜ？」

「っ……五十って……五十の動きじゃねえよな……俺でもあんなに動けねえよ？」

「そこはアレだ。武神なんて呼ばれる人だし。普通じゃねえんだよ」

「まあ……そうか」

一応納得した。聞いていたリュブラン達もうんうんと頷きながら、窓の外を見ている。

そして、リフタールが振り向く。

「会長。私も上に上がって見てもいいだろうか」

「ああ。警戒されないように頼むぞ」

「承知した」

リフタールは、フィルズを雇い主として『会長』と呼ぶ。彼にとって、フィルズは命まで助けてくれた恩人だ。堅苦しいのが嫌いなフィルズも、本人の意思を尊重して了承した。フィルズの印象だと彼は『武士』だった。真面目で、常にきちんと筋を通そうとする姿勢は、好ましく思う。

もちろん、四角張り過ぎていて、時には少し鬱陶《うっとう》しくもあるが、それが個性と受け止めている。

ヴィランズとリフタールが階段を上って行くのを見送っていると、リュブラン達もこちらを見ていた。フィルズはその想いを察して釘を刺した。

「お前らはダメだぞ。いくらハナの結界があっても、あんな戦い方ができる人には、上からの視線は必ず気付いて警戒される。こちらに敵意がないってのを、人に気配で伝えるのは難しいんだ」

こちらにその気がなくても、相手がどう感じるかは定かではない。

「特に、アレだけ我を忘れたように暴れてる相手に、正しく判断させるってのは至難の業《わざ》なんだよ。おっちゃん達なら分かるよな」

フィルズは冒険者達に話を振る。冒険者の一人がこれを引き継ぐ。今回のリュブラン達は、後学のために付いて来たのだから、こうした時の話はきちんと経験者から話してもらう。

「そうだな。俺らでも自信ねえよ……それこそ、魔獣の氾濫の只中《ただなか》で、連中に『俺らは攻撃しませ～ん』って言って、信じてもらえるわけねえだろ？」

「そうですね……なるほど……怒り狂っている人は、言葉の通じない魔獣と同じですね……」

理解すると、余計に怖くなったようで、リュブランとマグナ、フレバーがぶるりと一つ小さく身震いした。女性冒険者が、微笑ましげに子ども達を見て続けた。

「気配の消し方にも種類があるのよ。時と場所によってね。ちゃんと教えてあげるわ」

「っ、ありがとうございますっ」

素直にお礼を言うリュブラン達に、冒険者達はほっこりする。

「うんうん。何かを覚えようとする子って、可愛いわ～」

「ちゃんとお行儀良く聞いててくれるし、俺らも気分良く話せるってもんだぜ」

「フィルもな～……」

ジロリと、冒険者達が物言いたげな顔を、未だにどう対応しようかと考え込んでいたフィルズに向ける。これに気付き、フィルズが顔を上げた。

「なんだよ」

「「「「別に～」」」」

「なんだよそれ」

言いたいことがあるなら言えと目で訴えてやれば、不貞腐《ふてくさ》れた様子で話し出す。

「だって、フィルってば生意気なんだものっ。私らが教える前に自分でやれるようになってるしっ」

「知らん間に上級になってるしよ～」

「俺らの立つ瀬がねえよな～」

「……」

先輩としてフィルズに色々と教えたかったらしいというのは理解した。だが、今更文句を言われてもフィルズも困る。

「はあ……じゃあ、その分リュブラン達に教えてやってくれ。腹も減って来たし、そろそろ外をどうにかして来る」

フィルズはそう決意した。

「ん？　なんかいい考えが浮かんだのか？」

「俺ら手伝うか？」

「いや……大丈夫だ。最終兵器を使う」

「「「「最終兵器？」」」」

「うん」

フィルズは真剣な顔で頷いて見せた。それはクラルスが、その威力は間違いないと太鼓判《たいこばん》を押したもの。よしと一つ頷き、未だクラルスに扮《ふん》したままのフィルズは、子ペンギン達を呼ぶ。

「お前達。出番だ。アレを待て！」

《《《《《りょうかいデス！》》》》》

子ペンギン達も気合い十分だ。フィルズが何かをしようとしていると気付いたのか、様子を一通り確認できたらしいヴィランズとリフタールが、階段を数段降りて来て声を掛けて来る。

「なんだ？　どうするんだ？　籠城するしかないぞ？」

「会長、私もそう思います。アレを止めるのは……こちらに興味を引けたとしても、敵と認識されるだけかと……失礼ですが、まるで、暴走状態の凶暴化した魔獣です……」

「いや、魔獣のが可愛いって。武神って呼ばれるのが分かったぜ。アレは次元が違うわ……」

ヴィランズもリフタールも、国の英雄と言われるほどの実力者。だが、その二人が見ても、別次元の力だと言う。しかし、フィルズはきっぱりと言った。

「だからって、このままだと死体の山が出来るだけだ。戦場の片付けほど嫌で虚《むな》しい仕事はないだろ。この場所だって辛気《しんき》臭くなる。魔獣も寄って来るぞ」

「まあな……通るの嫌がる奴も居そうだよな」

「そう……ですね……」

ヴィランズもリフタールも眉根をキツく寄せる。同じように眉を寄せながら、フィルズは腕を組んで、ため息を吐く。

「ただでさえ、この盗賊団のせいで、この街道を通る商隊どころか利用する人自体が少なくなってるんだよ」

するとリュブランが何かに気付いて、この魔導車の壁に貼られている大きな国内地図を確認した。彼も日々勉強しているのだ。フィルズが何を懸念しているのか分かったようだ。

「あそこの町の手前にある街道の分かれ道……王都に向かう街道はもう一つあるんだよね……なら、普通の人はこの街道を通る必要がない……そうなるとこの辺りの村は……孤立無援《こりつむえん》に……」

リュブランは、それはマズイと顔色を変える。フィルズもその地図に近付き、今居る現在位置の辺りを指で差す。

「そういうこと。この辺りの村はかなり過疎化《かそか》が進んでる。若いのはこの盗賊団に連れ去られるのを恐れて出て行くし、特産品もないから領主も特に気にしない。まあ、だからこの盗賊団がいつまでも放置されてたんだけどな」

「それ……残された人達はどうなってるんです……？」

マグナが泣きそうな顔をしていた。彼は、自身の生家が治めていた領地の領民達のことを思い出したのだろう。領主が何もせず、苦しくてもその土地から動けずに居る領民達の姿を、彼はよく知っていた。だから、フィルズは、あえてそれを口にする。

「まあ、元男爵領とそう変わらないな。それより酷《ひど》いかもしれない。若い奴らがほとんど居ないから、労働力として頼れる奴らも居ないんだ……動けなくなってるのも多いみたいだな……」

ギリギリ自給自足できるという村ばかりで、魔獣や魔物を若い者達で罠《わな》にかけて倒し、その肉や皮を、行商に来た商隊に買ってもらい、生活の足しにしていた。その商隊さえ寄り付かなくなって来ていたのだ。弱って当然だろう。

「まあ、だからここの盗賊をついでに今回どうにかしようと思ったんだよ」

真の狙いはもう少し先で出没する、他国から流れて来たという盗賊だ。しかし、ついでにこの盗賊も処理しようというのは、フィルズの計画に最初からあったものだった。

ヴィランズが不思議そうにする。

「こんな場所の情報、どこで知ったんだ？　冒険者ギルドにも特に情報はなかっただろ。ルイリに聞いたのか？」

本来なら、その領から出ない盗賊の情報は、他領の冒険者ギルドでは出回らない。知っているのは、ギルドの上の方の職員くらいだ。

「レナ姉から聞いた。『何十年と巣食《すく》ってる厄介な盗賊団があるみたい』って。さすがにアルシェ姉一人じゃキツいし、レナ姉も知り合いの商人に聞いた話ってだけだったから、手を出し渋《しぶ》ってたみたいだ」

レナは大聖女《だいせいじょ》。別にこの国に所属しているわけでもない。

解決するように、と神殿長に頼んで領主に伝えてはもらったらしいが、ターゲットになっている村は被害を届け出ていないし、街道で出会《でくわ》す盗賊の被害は自己責任だ。被害届けを出しても、冒険者ギルドに討伐依頼を出さなければ、誰も動かない。

被害にあった商隊も、わざわざお金を出して討伐依頼を出すよりも、二度と近付かないことを選ぶ。この街道は、特に商隊にとって重要な街道でもないから余計にそうだ。領主がギルドに依頼を出すか、騎士を動かさない限り、まず盗賊討伐は実現しないのだ。

「で、今回同じ方面に向かうから、ついでに様子を見て来てくれって神殿長に頼まれたんだよ。俺も、ちょっと実験したいこともあったし、何より俺、盗賊嫌いだから」

商会も落ち着いて来たので、そろそろ公爵領、辺境伯領内の盗賊は処理しようとも考えていたところだ。そっちは他の冒険者達も手を貸してくれるようだし、今回のように何かのついでなら、遠出するのも悪くない。

「あと、リュブラン達に対人戦を見せるのに丁度いいだろ？　まあ、今回のコレは……ちょっと参考にはならんかもしれんが……こういう人も居るってことで」

「う、うん……スゴイ人が居るんだって知れたよ」

「普通には出会いたくないですけど……」

リュブランとマグナが顔を強張らせてそう答えた。これに、フレバーも頷いていた。

フィルズは笑い、気持ちを切り替える。

「ってことだから、とりあえずアレを止める。実験の場も台無しだし、ここの後片付けの交渉も領主にする必要があるしな。せめて、後でばあちゃんにお前らの対人戦指導をしてもらうことにしよう」

「えっ」

「で、できるかな？」

「武神に指導を受けられる……っ？」

確実に味方になるなら、これほど頼もしい者はいないだろう。戦い方を教わることができるなら、とても貴重で得難いものになる。冒険者達も是非この恩恵に肖《あやか》りたいと思ったらしい。

「フィルのばあちゃんなんだよな？　なら、領にも来る？」

「武神だもんな……戦い方を見るだけでも……」

「女があれだけ強くなれるってスゴイことだものね……」

「同じ女として聞きたいことあるわ」

「ちょっとだけ、ちょっとだけでも相手してもらえたらな〜」

今の暴れっぷりを見ているのは怖いが、武神と呼ばれる人に指導は受けてみたい、話してみたいとは思っているらしい。

「そこは、上手く俺と母さんで交渉してやるよ」

クラルスから聞いている祖母の人柄からして、それができないわけではなさそうなのだ。問題はないだろう。フィルズは、時に恩は身内でもしっかりと着せて返してもらう方針だ。

忙《せわ》しなく階段を上ったり降りたりしていた子ペンギン達が下に揃ったのを見て、フィルズは準備が整ったことを確信する。

「準備出来たか」

《できました！　いつでもいけますです！》

子ペンギン達が階段の下に並んで、短い片手を頭の辺りに掲《かか》げ、揃って敬礼《けいれい》する。

「よし。なら行くか」

フィルズは階段に向かう。子ペンギンの邪魔にならないようにと、降りて来ていたヴィランズが心配そうに声を掛ける。

「大丈夫か？　ってか、どうすんだ？」

フィルズに続いて階段を上り始めていた子ペンギン達は、手に白い布の巻き付いた棒を持っていた。それも気にしてチラチラ視線を揺らす。

「ヴィランズ……いいか？　最終兵器ってのは、最後の手だ。それ以上なし。とっておきだ。これは、この世界のどの国でも共通だと確認できている」

「……え？　そんな手が？」

行《おこな》うのは古今東西《ここんとうざい》共通、言語の壁だって乗り越える最強の手だ。フィルズは重々しく頷く。

「世界中旅して来た母さんが言ったんだ。どんな戦いの場所でも、これは最後の手として有効だってな。大体、武力でぶつかって来んのは、相手との会話を、頭を使うことを放棄《ほうき》した結果だぜ。たから、それを止めるってことは、思考する文化的な生き物としての尊厳《そんげん》を示す手段ってことじゃねえか、と俺は思う。まずは同じ場所に、声の届く場所に、相手も自分も着くのが大事だからな」

子ペンギンの一匹が、持っていた白い布を棒から解《ほど》いて振って見せた。それは白い旗だ。

「……まさか……」

「はっ。あんなの、正面から受け止めんのは自殺志願者と変わらん。これは安全な距離で、分かりやすく注意が引けるだろ。やめ時が分からん子どもみたいなもんなんだ。その子どもでも、我を忘れた奴でも、これをヒラヒラさせれば、反射的に目を向ける」

戦いという一点に絞っていた思考回路が、一瞬でも止まる。戦うでもない、抵抗でもないその行動に違う刺激《しげき》を感じるはず。何より、はっきりと動く物は目に留まりやすい。

「注意が引ければ後はこっちのもんだ。この姿は、丁度母さんがばあちゃんと別れた頃の年齢だしな。まあ、何より最後の最後っていう、今回だけの最終兵器はもうセット済みだ」

「ん？　まだ他に？」

ヴィランズが上へと目を向けるが、ここからは見えない。

「まあ、ばあちゃんが止まったらな。ハナ、お前も来い。結界の調整を頼む」

《キュンっ》

そして、心配する大人達をよそに、フィルズはハナと子ペンギン達を引き連れて上に上がって行った。

見張り台の上には、隠れたり落ちないようにしたりするための、腰まである細かい目の柵《さく》が設置されていた。その一辺には、大きな横断幕が括《くく》り付けられている。これこそが本当の最終兵器の一部である。それを確認し、フィルズはハナに、声が結界の外にも聞こえるように調整を頼む。

「ハナ。頼むぞ」

《キュン！》

「ペルタへ伝えろ。五秒前！」

《はいです！　『五秒前！』》

カウントが始まる。そうして、フィルズは大きく息を吸い込んだ。

ミッション③　捕らえよう

カウントがゼロになる。

フィルズは魔力を声に乗せ、その言葉を発した。それと同時に、フィルズの居る魔導車の上、まるで選挙の演説場のように囲われている柵が白く発光する。更に柵の下から斜め上に向けられているスポットライトがフィルズを照らした。

「はじめまして！　クラルスの息子です！　お会いしたかったです！　おばあちゃま!!」

「っ!!」

ピタリとその人が動きを止める。既に、日は落ちており、辺りは暗い。よって、フィルズからは黒い影にしか見えなかったが、間違いなく止まった。

フィルズの隣両脇には、柵の上に乗り、白旗を振る子ペンギン達。降伏を示すというより、応援団のようで可愛らしい。そして、柵の前には、魔導車の天井の端から照らされる横断幕。そこには、こう書かれている。それをフィルズは両手を上げながら、笑顔で口にした。

「ファリマスおばあちゃまのご来訪を歓迎いたします！」

それと同時に、今度は小さな花火が両端の柵の角《かど》から上がった。パレード仕様だ。白旗だけでは心配だったため用意した、これぞとっておきの最終兵器だった。横断幕は流民が使う特別な文字で記されており、この場ではフィルズと祖母である武神ファリマスしか知らないものだ。

ゆっくりとその人が近付いて来る。そして、魔導車から漏れる光で、ようやくその人の顔が見えた。その口元が動く。

「……クラルスの……子ども？」

その声は、とてもクラルスに似ていた。少し呆然とした様子で見上げて来るその人は、さっきまで魔神のように大暴れしていた人には見えなかった。

「はいっ。フィルズです。フィルって呼んでください。おばあちゃま♪」

「っ、孫が……っ、私に孫っ……それも男の子っ……男の子？　男の子だと!?　可愛過ぎるだろ！」

「あ～……えっと、戻りますね！」

フィルズは、クラルスの姿からいつもの冒険者仕様の姿に戻る。その一瞬の服装の変化に、ファリマスは目を丸くした。

「なんてことだっ！　女装まで上手いとかっ、さすがは私の孫だ！」

両手を上げて絶賛してくれた。戦闘モードからは離れられたようだ。それならばと、フィルズは笑顔で提案する。

「中で食事でもしながらお話しさせてもらっても？」

「しようっ！　あ……その……だが、これは……っ」

後ろの惨状を思い出したらしい。気まずそうに目を泳がせる。これにも笑顔で答える。

「大丈夫です！　アジトの方から全て、生きている者は、こちらの手の者が縛り上げて運んで来ますので、まとめて捕らえます」

「へ？」

目を瞬かせるファリマス。

フィルズは子ペンギン達に指示を出す。

「お前達、夜営用の外灯を森の境目まで設置しろ。手が空いたら、生きてる奴らを護送用の籠《かご》車《しゃ》へ」

《《《《はいです！》》》》

子ペンギン達が階段を腹這《はらば》いになって滑り降りて行く。すぐに魔導車から飛び出した。

次に、フィルズは階段の下、ペルタへと告げる。

「ペルタ、護送用の籠車を出してくれ」

《すぐ用意する》

「ハナ、結界は解いていいぞ。ありがとな」

《キュンっ》

足下に来たハナをしっかり褒めて撫でておく。階段を降りて行くと、ヴィランズ達が戸惑っていた。本当に武神を止められたことも驚いたようだが、花火の音や、他にも色々と予想外だったらしい。

「フィル……『おばあちゃま』って……」

「しゃあねえじゃん。母さんが、ばあちゃんがそう孫に呼ばれたいって言ってたって言うんだから。お陰で止まったようなもんだぜ？」

「……なるほど……フィル、俺のことは父さんって呼んでくれていいぞ？」

「それ、今やったら盛大に誤解を受けて面倒なことになるだろ。気が向いたらな」

「え～」

チャンスだとでも思ったのか、不満たらたらだ。そんなヴィランズへ、フィルズは仕事を与える。

「ほれ、外の奴らをちょい回復させっから、ペルタが出した籠車に乗せてくれ。男女別でな」

そう言って、魔導車の外に出る。そこには畳《たた》まれた柵のような巨大な物を魔導車の下から引き出すペルタが居た。ファリマスは目を丸くしながらその様子を見ていた。

ペルタは、器用にそれを組み立てていく。まるで、折り畳み式のお弁当箱のような仕組みと見た目。ただし、コンテナのように巨大だ。

「え？　何アレ……」

フィルズに続いて、リュブラン達も魔導車を降りて来る。そして、ファリマスのように、手際良く動くペルタの行動を呆然と見つめた。

「盗賊とか、魔獣とかを入れて運べる籠車だ」

「籠車……そんなのあったんだ……」

リュブラン達にも、これはまだ話したことがなかった。今まで必要となることもなかったからだ。

籠車はきちんと角を鍵で固定し、更にタイヤを付けていくことになる。タイヤ交換用のジャッキを使い、ペルタは手慣れた様子でタイヤを取り付けていく。珍しい光景に、半ば見惚れている一同。

これはチャンスと、フィルズは素早く瀕死《ひんし》状態の盗賊達を少し回復させる。

「おっ……ヤバイのは居たけど、幸い死んだ奴は居ないみたいだな」

あと数分で確実に死んでいたという者は居たが、間に合ったようだ。

「ペルタ、もう一台頼むぞ。男女を分けてやってくれ。引き渡す時に面倒がない」

《いいぜ。ヴィルの旦那、こっち先に男を入れて行ってくれや》

「お、おう。お前らも手伝え」

「「「「はーい」」」」

冒険者達も動き出す。これを見てリュブラン達も動いた。すると、ファリマスもはっとする。

「私もやるよ。悪かったなあ、手間かけさせて」

話しかけられたヴィランズが、恐縮した様子で手を横に振る。

「いやいや。問題ないッスよ。あ、ヴィランズです。クーちゃんやフィルには、いつも世話になってます！」

「クーちゃ……ははっ、あの子は相変わらずのようだね」

これをきっかけとして、冒険者達も名乗り、和やかな雰囲気にもなったので、後は任せても大丈夫だろうとフィルズは判断する。

因みに、森までの十メートルほどの範囲に、子ペンギン達が外灯を設置しており、辺りはとても明るくなっていた。暗くて見えなかった惨状も明らかになったが、暗闇で作業するよりは良いだろう。死体がないだけかなり有り難い。外灯は、日本の工事現場で見る大きなぼんぼりのような、バルーンライトだ。ＬＥＤ並みに明るい仕様にしてある。もちろん、魔導具だ。

「そんじゃあ、頼むぞ。もう少しすると、アジトとか、森の中の奴らも回収してウサギとクマが来るから、そいつらもな。俺は夕飯作って来る」

「「「「っ、よろしく!!」」」」

返事をした一同は、ご飯はよろしくと目を輝かせていた。


魔導車の中に戻ったフィルズは、人数を確認し、備えつけの冷蔵庫を開ける。

移動中に仕込みは済ませているし、人数が増えたりしても良いようには準備していた。野菜も切ってあり、ソースなども作り置きしてある。そんな作り置きされた材料の入った容器を迷わず取り出す。

「ポテイモとターネギ、ホワイトソースとチーズ、挽肉《ひきにく》っと……」

容器を積み上げながら取り出せるのは便利だ。だが、フィルズとしては、こうして容器で整理された冷蔵庫よりも、どちらかといえば、ごちゃっと入っている方が、冷蔵庫らしくて好きだ。更に上手くやりくりできると嬉しい。容器を使うのは、端切れなどで作った惣菜《そうざい》だけにしたい。

ただ、こうした移動中など、調理時間を短縮したい時には、これが使いやすいのは確かだ。

「時間経過も止めてるし、新鮮なままだな」

冷蔵庫の中は、きちんと閉めてある時は時間経過をしないようにしてある。よって、切った野菜は瑞々《みずみず》しいままだった。容器に入っていたのは、ポテイモを五ミリ幅でスライスした物。これを取り出し、四角い一人用の陶器《とうき》の器に敷き詰めてホワイトソースを少し入れる。

そこへ更にポテイモを数枚並べる。その上にこちらもスライスしたターネギを敷き、甘辛く煮た挽肉をポロポロとまぶす。そこにホワイトソースをかけて、とろけるチーズをバラバラと多めに載せた。ポテトグラタンだ。これを人数分用意していく。

そこにジュエルが飛んで来て、フィルズの肩にぶら下がる。

《クキュゥキュっ》

「ん？　ビズやエン達も手伝ってるのか？　まあ……盗賊達は動かないし、大丈夫だろ」

ビズは反撃も上手いので問題ないが、エン、ギン、ハナは、なるべくならば盗賊の目に入れたくなかった。だが、今の盗賊達は悪さをしようなんて考える余裕もないはずだ。だから、まあいいかと判断する。

《クキュ》

「お前はこっちを手伝ってくれるのか？」

ジュエルは、食いしん坊なところもあるが、最近はこうして調理を手伝うようになった。きちんと手も洗い済みだ。

《クキュゥ！》

「おう。じゃあ、これを一つずつオーブンに入れてくれ」

《クキュ♪》

任せろという意思が返って来た。そして、ジュエルはフィルズがチーズを載せ終わった物を一つずつ掴んで飛び、オーブンに並べていってくれた。

「全部入ったら教えてくれな」

《クキュゥ》

次に用意するのは、メインの肉料理。猪肉《いのししにく》、ピックボルアのステーキだ。きちんと筋取りもしてあり、後は焼くだけになっている。ソースは、酸味と辛味のあるアラビアータにも使えるトマトソースを用意した。これをたっぷりとかける。

パンはバケットで、残ったソースを付けて食べられるだろう。これに葉物野菜のサラダも彩《いろど》りとして付ける予定だ。サラダ用の野菜は、色々混ぜて既に保存用の容器に用意されているため、それを適量取り出すだけで良い。

もちろん、各種ドレッシングも瓶《びん》で用意されている。それらも冷蔵庫から出しておく。瓶に用意していたトマトソースは、加熱できる魔導具に入れてスイッチを入れるだけ。温まったら、自動で保温に切り替わるため便利だ。

手際良く用意していくフィルズだが、とある不満が、日々募《つの》っていた。

「やっぱ、米がないと、いまいちガッツリした飯にはならんな……」

《クキュキュゥ》

肉を焼いていると、ジュエルがオーブンに並べ終えたと報告に来た。

「おっ、ありがとな。次は、皿にこれくらい……で、野菜を盛り付けてくれ」
《キュ！》
量とセットする場所を教えれば、分かったと返事をして、サラダを皿の端に器用にトングを使って盛り付けていくジュエルだ。これも、もう慣れたものだった。オーブンのスイッチを入れ、グラタンは待つだけ。後はとにかく肉を焼く。どうしても、メインとなる肉は多めになる。
因みに、ビズをはじめ、エン達も同じ物を食べる。種族的に食べてはいけない食べ物は特にないようなので問題ない。フィルズと同じ物を食べられるのが嬉しいらしい。
「それ終わったら、お前らの皿出してくれるか？」
《クキュ！》
そうして、夕食の準備が整う頃、外の片付けも終わったようだ。ヴィランズが最初に戻って来る。
「終わったぜ～。いやあ、エンやギンが血とか燃やしたり洗い流したりしてくれて助かったぜ」
「そうか。あ、手え洗って来いよ。エン、ギン、ハナは、魔導具をきちんと使って汚れを落とすんだぞ」
《ワフっ》
《クキュっ》
《キュンっ》
もうできたとの返事をして、エン、ギン、ハナが魔導車に飛び乗って来る。
「はあ～、外もあの灯りですげえ明るかったけど、やっぱこの中は安心する～」

「確かにっ。もう家って感じ」

「そうそうっ」

冒険者の男女五人が入って来た。ヴィランズに誘われて、手を洗いに向かう。手洗い場は、キッチンとは別に用意してあった。ここで、リュブランが興奮気味な様子で駆け込んで来て、フィルズへ声を掛ける。

「ちょっと、フィル君っ。なに、あの真っ白なグレートベア型の魔導人形！　びっくりしたよっ!?　隠密ウサギも居たし、ペルタが教えてくれたから良かったけどっ」

「「「「そうだった!!」」」」

「それだ！　フィルっ、先に言っとけよ！」

ヴィランズ達も、思い出したというように、突然キレた。

「あ〜、言ってなかったっけ？」

「「「「聞いてねえっ！」」」」

「聞いてないよ！」

「そっか。アレ、この魔道車や籠車を引いたり、護衛をする『シロクマさん』な。よろしく」

「「「「……」」」」

「……そういうところ……あるよね……」

責めても気にするようなフィルズではない。もう諦めたというように、リュブラン達が肩を落とす中、フィルズは肉を焼く手を止めずに説明する。

「喋りはしねえけど、ペルタが手綱《たづな》握るし、問題ねえだろ？」

「それは……そうなのかもしれないけど……」

フィルズはただ、白虎と同じように、本物の熊らしい熊を作りたかったのだ。

丁度、辺境伯領だけではなく、他の領へも色々と運んだりできるように、小さめの魔導車を調整しており、その時に、見せかけだけでも車を引く馬の代わりのようなものをと考えていた。

そこで頭に浮かんだのが、ペンギンであるペルタが、白い熊に乗っている情景。

コレだと思って作ったフィルズだ。二メートル強ある巨大で真っ白なクマは、骨格もしっかり作ったことで、かなりの重さにもなった。やはり、熊らしく肉付き良く、横幅もあるものにした。毛皮は、抱き付きたくなるようなものを求めた結果、猫系のものになった。毛は短いが、とってもフワフワだ。

毛皮は薄い茶色だったが、それをまた、白虎の時と同じように漂白して真っ白にしたのだ。屋敷の中には入れられないと思って、外に作った作業小屋で仕上げたため、リュブランも見たことがなかったのだ。

「まあ、さすがにクマ達に慣れて来た町の人達もビビると思って、魔導車に乗せて森の外に試運転がてら出したんだ。それから、隠密ウサギに付けて、戦闘とかも経験させながら、ここまで来るように指示してたんだけど……」

途中で魔獣なんかとも戦っているはずだ。シロクマ達には、鞍《くら》と腹の方に防具のように見せたマジックバッグを付けてあり、倒した魔獣や魔物も回収できるようになっていた。

「盗賊が俺らの方に出て来たら、残りを制圧して、アジトにある物全部回収してからこっちに合流するようにしたにしては、結構早かったな……合流できるにしても、夜中になってからって計算だったんだよ」

フィルズの予想だと、今より四、五時間は後の合流予定だった。

そして、フィルズがこの盗賊討伐でしたかった実験とは、シロクマと隠密ウサギだけで盗賊討伐から捕獲《ほかく》、移送までできるかどうかというものだった。評判が最悪なこの盗賊達ならば、捕り物の際に少々やり過ぎてしまっても問題ないとの判断の下、実験に利用しようとしていたのだ。

ファリマスが必要以上にキレてしまったので、それも次回に持ち越しになったというわけだ。

「まあ、予定が前倒しになったのは、ばあちゃんが居たからだろうけどさ」

そう口にする頃、リフタールと話をしながら、ファリマスが魔導車に入って来た。

「っ、なんだいこれは……」

「フィル会長が作られた魔導車です」

「フィル……私の孫か」

「はい」

リフタールの説明に、ファリマスは目を丸くしながらも中程まで入って来た。

「いらっしゃい。ファリマスばあちゃん。あ、おばあちゃまって呼んだ方がいいか？」

フィルズが冗談めかして言えば、ファリマスは目元を和ませる。見た目は、クラルスに目力を足して、そのまま十年くらい年を取らせた感じ。ぱっと見で、クラルスの親族だと分かる。

ただ、母親と思えるかは分からない。五十歳も間近と聞いているが、こうして改めて向き合うと、三十代でも十分に通る見た目だ。クラルスと並べば、姉妹に見えるだろう。

「いや。そう呼ぶ時は、おねだりする時とか、たまにでいいよ。クラルスに聞いたんだろう？」

嬉しそうに、快活な笑みを見せるファリマス。その表情がとてもよく似合っていた。

「うん。孫にそう呼ばれてみたいって言ってたって」

「ははっ。ああ、そうだ。いやあ、悪かったなあ、久しぶりに我を忘れたよ」

「そう思ったから、白旗だけじゃ弱いと思ってさ。万が一のために用意しておいてよかったよ」

今回、会えるという確信があったため、クラルスにも事前に相談していたのだ。そして、キレ具合によって有効となる手を幾つか用意していたというわけだった。

「じゃあ、ばあちゃんも手洗って来て、食事にしよう。外の見張りはシロクマ達がするからさ」

「しろくま……ってのは、あの真っ白なグレートベアのことかい？　魔導人形だと聞いたが」

「ああ。カッコいいだろ⁉　戦闘もできるんだっ。戦闘力的には、一体で五十人規模の騎士団も制圧できる計算でさっ。魔獣相手でも、核《かく》に使ってる魔石の仕組みの関係上、魔力系の攻撃は吸収するんだ。まあ、一度に還元《かんげん》できる量ってのは決まってるから、強いのは完全に吸収とはいかないけど、弱くはなるから、基本物理攻撃しか効かなくて。そんで、あのタッパだろ？　ピックボルアの突進も難なく止められるからさあ」

「「「「……」」」」

喋りながら、フィルズは皿を並べていく。よって、聞いている者達の表情の変化には気付かなかった。言葉もないとはこのことだろう。そんな中、フレバーが何度か深呼吸をした後、確認したくてそろそろと口を開く。

「ピックボルアの突進は、あの辺境の、森に面した外壁も欠けさせるくらいだと聞きましたが……？」

フィルズは笑いながら頷く。

「だなあ。その辺の民家なんてひとたまりもないって聞くし。けど、ちゃんと止められるってのは、辺境で検証して来たって報告が来てるから間違いないぜ？」

「……実際に検証まで……うん……それでこそって思いました……」

「まあな～♪」

フレバーもフィルズの拘《こだわ》り具合には慣れて来たようだ。

「ほれ、メシだ。スープは昼の残りで悪いけど。この小さい器のポテトグラタンは器も熱いから、カバーで支えて食ってくれ」

グラタンの器には、それぞれ可愛らしい柄《がら》の、細長い布が巻かれている。きちんとこの器に合うようにボタンが付けられているので、念のためにと伝えておく。

「汚してもいいやつだから気にせずにな」

ファリマスがテーブルに並ぶ食事を見て、目を輝かせた。

「こんな可愛らしくて美味しそうな食事は、初めて見るよ。食器に布を巻くっていうのも初めてだ」

この器のカバーは、クラルスが孤児院の子ども達の手縫いの練習に作らせた物で、丁度良いからと貰った物だった。グラタンのレシピは既に販売品として登録されており、器と一緒に正規のカバーを売ってもいる。自宅使いには、子ども達が作ってくれた物で十分だろう。

「この食事は、フィルが作ったのかい？」

「おう。料理は趣味の一つなんだ」

「へえ。クラルスも食べるのかい？」

その笑いを堪えたような顔と、サラダに向けられた視線でファリマスの気持ちを察する。

「母さんの野菜嫌いをいかに克服《こくふく》させるかってのを考えた結果が、コレかもな」

「あははっ。やっぱりあの子、野菜嫌いだよねっ？　いやあ、嫌いだと聞いたことはなかったけど、そんな気がしてたんだよっ」

「最初の頃は平気な振りしてたけど、隠し切れてなかったよ。けど、それのお陰で他の野菜嫌いな冒険者とか、子どもとかも食べられる人気商品も開発できるから、悪いとは言えないんだよな〜」

これが役に立っているのだから面白いものだ。

「そういえば、会長って言ってたねえ。この妙な魔導車で思い出したよ。セイスフィア商会ってすごい商会がこの国にはあるって。それが？」

「俺の商会。じいちゃんを探しに行くんだったら、見つけた後でいいから一緒に来てよ。母さんも会いたがってたし」

「ああ。なら、お邪魔しようか」

そんな話をしながら、楽しく夕食が始まった。


賑やかな食事が終わり、リュブランやマグナ、フレバーの年少組で片付けを済ませる頃。外でシロクマ達との交流を楽しんでいたはずのペルタが、珍しくはっきりとしない様子で声を掛けて来た。

《ご主人……その……あの盗賊がどういう盗賊かってことは分かってんだが……》

「なんだ？　何か問題があったか？」

《ああ……まあ、見てくれや》

「ふん？」

そうした様子を見ていた全員が、なんだなんだとフィルズの傍に集まって来る。

「外か？　俺も行くぞ」

「盗賊のことで何かありましたか？」

ヴィランズとリフタールの問い掛けを受けて口を開いたのは、ファリマスだった。

「もしかしてアレか？　盗賊の子ども達」

「「「「ああ……」」」」

盗賊を捕らえて籠車に乗せていた時に、既にどうしようかと思っていたようだ。そこで、フィルズもこの盗賊の情報について思い出した。

「子ども……そういや、家族経営だったんだっけ？」

それは子どもも居るよなとフィルズは納得する。夕食作りのため、アジトに居た残りの盗賊達について確認はしていなかった。

魔導車を降りると、籠車の傍に小さめの移動用のコンテナハウスが出来ていた。これも籠車同様に魔導車に連結可能。これは、ペルタのマジックバッグに入っており、移動途中で保護した者などが過ごせる臨時の物だ。

「子どもらはアレに入れたのか」

《あと、妊婦《にんぷ》と動けなくなってた老人をな》

「そうか……家族経営だもんな……ジジババも居るよな……」

《盗賊は盗賊だってのは分かってる。子どもらは別にしても、妊婦や老人達は、動けてたら今回の襲撃にも関わっていただろう……けどなあ……》

ペルタは、籠車へ目を向ける。吹きっ晒しで夜の風はとても冷たい。その上に、網目が細かいとはいえ、床も横も冷たい鉄の格子《こうし》だ。お腹も空く頃で、体温は上がって来ているだろうが、周りの冷たさはそんなことではどうにもならない。そんな所に妊婦や老人を入れるというのは、とてもできなかったようだ。

「ペルタは優しいなあ」

《そんなご主人は、問答無用であっちに老人とかも放り込みそうだから相談してんだよっ》

「お～、俺のこともよく分かってんだな。妊婦は仕方ないとしても、老人は確かに放り込めって言っただろうな」

「「えっ」」

リュブランもマグナ、フレバーが声を上げた。

「ん？　いや、だってさ。家族経営だったんだぞ？　その老人、今の現役《げんえき》を育てた張本人じゃん？」

「「「あ……」」」

そうか、と誰もが納得する。

「盗賊業を教えた……盗賊は職業だって正当化して教え込んだ元凶じゃん。教えた親が悪いだけで、子どもを許すって理屈なら……」

フィルズは籠車に乗せられて項垂《うなだ》れる盗賊達を指差して断言する。

「あいつらより罪が重いだろ」

「……確かに……」

「そうですね……」

ヴィランズとリフタールも、よくよく考えながらも、納得せざるを得なかった。

冒険者達は絶句だ。その様子から推察するに、恐らく、相当弱った老人だったのだろうと感じる。籠車の中では耐えられないと自然に思うほどに。

「盗賊って、先導した頭が一番罪は重いだろ？　なら、その頭を育てた人は、もっとじゃね？　関わって来た犯罪も、今の頭よりもずっと多いだろうし」

「……今まで、捕まらずに生きて来たってことだもんな……うあぁぁぁっ、そう言われると、あっちに入れたのが間違いだって思っちまうっ」

ヴィランズが頭を抱えた。騎士団は、ただ悪人とされた者を捕らえるだけで、罪の重さは考慮しない。その裁きを下すのは別の所だ。だから、こうしたことは特に深く考えたことがなかったのだろう。

「まあ落ち着けよ。人道的に考えて可哀想《かわいそう》だって思ったんだろ？　別にそれでいいよ。けど、そうだな……リュブラン達に教えようと思ってたことがあったんだ。ついでにやろう」

「何するの？」

フィルズがコンテナの方に歩き出す。いち早く呼ばれたリュブランがそれに反応し、慌てて追いかけて来た。リュブランが動いたことで、全員がのそのそと後を付いて来る。ファリマスは、完全に見物に回っており、一番後ろだ。

フィルズは、マグナも近付いて来たところで説明を始める。

「お前らは優しい奴らだし、盗賊だって言っても、会ったこともない、どんな人かも分からないし、本当に好きで悪さしてるかどうかも確かじゃない人を傷付けるのは嫌だろ？」

「う、うん……生きるために……仕方なく盗みを働くってことも……あり得るんじゃないかと思うから……」

「そうですね……そうしなければ、家族が生きられないって思い詰めて犯行に及ぶ人も居るはずです……それが、領主の横暴のせいだったりしたら……」

リュブランはフィルズに保護されるまで、仲間達と騎士団を発足して国を回っていた。その過程で、貧しい人達の暮らしも見たのだろう。

マグナは自身の父母の横暴のせいで、領民達がせっかく生まれた子どもを捨てて、食い扶持《ぶち》を減らさないといけないような状況が生まれたことを知っている。

彼らの事情を知っているフィルズは、いくら盗賊でも、女や子ども相手には二人が剣を向けられないと思った。それでも、この盗賊の相手をさせると考えていたのは、対策もあったからだ。

フィルズは、コンテナハウスの入り口に立つ。そこには、見張りとして一体のシロクマと、散歩がてら出て来たらしいビズが居た。

「丁度良かった。ビズ、中から飛び出して来るような奴がいれば、ちょっと痺《しび》れさせてくれ。子どもだから手加減しろよ？　……中の奴、聞こえてるか？　妊婦は出て来るのをオススメしない。抵抗しなければそのままここに居させてやる」

『……分かりました……』

代表で女性が返事をしたのを確認し、頷くと、フィルズはペルタへ指示した。

「開けてくれ」

《……はいよ》

不安そうにしながらも、ペルタはドアを開いた。

「っ、おいっ！」

ヴィランズが警告し、身構えた。飛び出して来たのは、十歳頃の男児と女児の二人。何とか握れるくらいの石を持っているようで、それを振りかぶりながら、フィルズに飛びかかって来た。

「ったく……」

《……ブルル……》

「いいよ」

ビズはさすがに幼い子ども過ぎてやりたくないようだった。フィルズは想定内のことだと、ため息を吐きながら少し体を捻《ひね》りつつ、振り上げられた子ども達の腕を掴んだ。

「っ、えっ」

「くっ」

子ども達は驚きながら、投げられなかった石をコロリと落とす。フィルズは彼らを腕にぶら下げながら、少し前後に振ってコンテナの前に放り投げた。

「いっ」

「うっ」

そして、フィルズは容赦なく、尻餅《しりもち》を付いた子ども達を威圧する。

「これはお前らの意思か？」

「っ……」

「どうなんだ？　お前らがやるって決めたことか？」

「っ、そっ」

「本当に？」

「っ……」

フィルズは、子ども達の前で屈み込み、敢えてガラの悪いチンピラを演じる。視線はキツめに、子ども達に固定したままだ。

「言葉には気を付けろ。出ちまった言葉は引っ込められないんだ。つい出た言葉でも、聞いた者のその後の信頼や印象が変わる」

子ども達は小さくなって、身を寄せ合い、震えている。

「行動もそうだ。取り返しが付かないことだってある。今日味方だった者が、数時間後には敵になる場合もあるんだ。今家族だと思ってる奴が、一瞬後にはお前らを売り渡すかもしれん。言葉一つ、行動一つでその後の対応が変わるのが人だ」

「「……っ」」

十歳頃の子どもにも分かるように話すというのは難しい。だが、次第に威圧を緩め、視線を緩め、声に魔力を乗せれば、それはきちんと伝わる。フィルズには、彼らがきちんと話を理解しようとしているのが分かった。

それは、コンテナの中に居る者達も同じ。目は向けないが、声はきちんと届いている。魔力を乗せることで、拡声器も使わず、自然にコンテナの中にも届いているのだ。これが、吟遊詩人の能力。

気付いたファリマスが感嘆の声を出す。

「ほお……」

それを背中で感じながらも、フィルズは続けた。

「それらを踏まえた上でだ」

「「っ……」」

フィルズは、しゃがんだまま腿《もも》に肘を乗せて頬杖をつき、ニヤリと意地悪げに笑ってみせる。

「正直に話せ。お前らが今前にしているのは、嘘も誤魔化しも効かない相手だ。間違った言葉一つ、行動一つで、幼い子どもであろうと、容赦ない対応をするぞ。そうだな……一例を挙げるなら……兵に引き渡すまで、あの籠車の天辺《てっぺん》から逆さに吊るしてやろう。きっと夜風が気持ちいいぞ？」

「「っ！」」

フィルズが指を差した先。そこに、ライトに照らされる籠車がある。中には当然だが、彼らの家族だった者達が居た。夜風の寒さで震えている。

「俺は優しい方だろ？　ここじゃ、親がいないから寂しいよな？　どっちがいい？　女親の方か？　男親の方か？　吊るす方はちゃんと選ばせてやるよ。嬉しいだろう？」

「「っ……っ……！」」

悪魔よりも恐ろしく、魔王よりも妖艶《ようえん》だ。後ろで事の成り行きを見守っているヴィランズ達も引き気味だった。

「さあ、もう一度聞くぞ？　俺に向けて飛びかかって来たのは、お前らの意志か？」

「「っ……」」

ガタガタと、目に見えるほど震えて、お互いを支え合わなくてはならない様子の子ども達。それを確認し、フィルズはもう一度、今度は少し言い方を変えて問い掛ける。

「言い方がマズイのか？　そうだな……じゃあ、こうしようと決めたのは、お前らか？」

「っ、ち、ちがっ、ちがいますっ。お、おじいとおねえがっ……」

「こ、これやったら、お母さんの所に、いけるっ、いけるって……っ」

案《あん》の定《じょう》、唆《そそのか》した奴が居たらしい。

「どいつだ？　そのおじいとおねえって」

「っ、はっ、はっ、あっ」

「ふっ、ううっ、ふっ」

子ども達は、恐怖から泣いており、おもらしもしているようだ。言葉もそれ以上言えないし、足に力も入らないのだろう。

「はあ……まあ、いい。おい。後悔はしてるな？　やっちゃいけなかったとは思ってるんだな？」

盛大にため息を吐いて、フィルズが確認する。

すると、子ども達は壊れた玩具《おもちゃ》のように首を縦に振った。

「なら、ごめんなさいだろ。言ったことないのか？　悪いことしたって反省したらそう言うんだ」

「「ご、ごめっ、なさっ……っ」」

ひっく、ひっくと泣きじゃくりながら、子ども達はフィルズに向かって告げた。

フィルズは立ち上がり、子ども達に歩み寄ると、その頭を撫でる。

「「っ……！」」

「よし。許してやる。ペルタ、こいつら洗って乾かしてくれ」

《了解だ、ご主人。ほれ、掴まれ。もう大丈夫だ。よく話したな》

「ひっくっ、う、うわぁぁぁんっ」

「っ、ふっ、ふっ、ふわぁぁぁんっ」

大泣きした。奇妙な魔獣の内に入るだろうペルタだが、子ども達には、フィルズが一番怖かったらしい。

そのまま少し離れた所で、ペルタにお湯をかけられて汚れを落とされる。その後、洗っている間に、子ペンギン達が用意した風呂に服のまま放り込まれた。泣いたままだが、全く抵抗しない。その後、外に出されて温風でしっかりほんわか乾かされた子ども達は、泣きやんでほけっと突っ立っていた。

その間、ここでも子ペンギンが、コンテナの前の粗相《そそう》された場所を綺麗にしてくれており、風呂に子ども達がぶち込まれる前には、フィルズはコンテナの中に居た者達を、そのコンテナの前に並べていた。

フィルズは腕を組み、足の悪そうな老人も文句を言わせず立たせ、寒さに凍《こご》える様子を見せる妊婦も気にせずに睨みつける。

「で？　聞こえてたよな？　あいつらの言ったおじいとおねえってのは、お前らか」

「「……」」

迷うこともなかった。おじいと言えそうな老人は一人だし、おねえと呼べそうな腹が少し膨れた妊婦が一人。他はあの子ども達と同じ年頃の少年が二人と、それより幼い男児と女児が五人ずつ。

「俺、子どもを唆す大人ってのが、心底嫌いなんだよ。お前らは謝っても許さん」

すると、老人と妊婦は鼻で笑った。

「……はっ、どうせ兵に突き出すんだろ。盗賊は縛《しば》り首だ。抵抗して何が悪い」

「そうよ。私は妊婦よ？　この子にはなんの罪もないのに、私を殺して、親のない子にされるより、ここで逃げる方がいいに決まってるじゃない」

「「「「……」」」」

ヴィランズ達大人も、リュブラン達年少組も、ファリマスもこの二人の態度にドン引きした。ここまで人は開き直れるのだなと、フィルズはいっそ感心する。

「はあ……じゃあ、自分達でやれよ。子どもより、自分達の身が大事か……お前らは間違いなくクズだよ」

「ふんっ……」

「なによっ、自分が大事なのは当然でしょ？　この子のためでもあるわ」

老人は鼻を鳴らすだけだが、女性の方は、自分はもう一つの命を宿し、大切に思っている立派な母親なのだと悦に入っているのだろう。勘違いもここまで来ると狂気さえ感じる。

「それが分かっててコレってのが笑えるわ。お前は母親にはなれねえよ」

「はっ、何言ってんの？　子どもを産むんだから母親に決まってるじゃない」

「……どんだけバカなんだ……」

この考え方はダメだとフィルズは頭を抱える。そこで、これまで見物に回っていたファリマスが、フィルズの肩を叩いて横に並んだ。

「コレは典型的なダメな女だねえ。フィル、ここは私に任せな」

「いいけど……理解したところで、今更許す気ねえよ？」

「分かってるよ。反省できるとは思えないしね。同じ女として、母親の先輩としてちょっと話をするだけさ」

「……まあ、そんなら……ちょっと頼む」

「任せな♪」

よしよしとファリマスはフィルズの頭を乱暴に撫でて、妊婦の腕を掴む。

「っ、は、離せよばばあっ」

「はいはい。こっちは五十手前のばばあだよ。さっさと来な。この裏がいいね」

「ちょっ、五十⁉ 上にサバ読んでバカじゃない？ それで若いわねなんて言われたいわけ⁉」

「実年齢四十九だよ。サバなんて読んだことないよ。悪いか？」

「っ、わ、わけ分かんないっ。ちょっ、力強っ、馬鹿力！」

引きずられてズルズルと音がしている。武神に抵抗しようなんてと、見ている男達は呆れていた。女冒険者は不機嫌顔だ。同じ女としてあり得ないと思っているのだろう。

「なんだい。横抱きにしてほしいのかい？ 図々《ずうずう》しい子だね。妊婦だからって甘えてんじゃないよ。安静にしてて体力落ちたら出産になんて耐えられないよ？ 肥《こえ》るのも良くないからね」

「わ、私が太ってるって言うの⁉」

「そうだねえ。せっせと手下と夫に貢《みつ》がせてたのは知ってるよ。気配で読んでたからねえ。女王様してただろう？」

「大事にされて何が悪いのよ！」

「騙される男どもも幸せなんだろうけどねえ……えらく性悪《しょうわる》で気の強い女だ。あんたの夫が誰か、興味が出て来たよ」

「はあ!?　何言ってんだばばあっ」

そんな調子で、コンテナの裏側へと連れて行かれた。

「……すげえ女……」

「ヴィランズも気を付けろよ？　変な女に引っかからんようにな」

「そうだな……って、何で俺が心配されてんの!?」

「いや、この中だと一番引っかかりそうだから」

後ろの冒険者達もうんうんと頷く。リフタールや女性達もだ。リュブランとマグナはそうなのかなと顔を見合わせて確認中。フレバーは何とも言えない複雑そうな顔をしていた。

「何でだよ！」

「だって、ヴィランズ……初恋もまだだって聞いたけど？　そういうのが一番危ないじゃん」

「っ、何で知ってんだ!?」

「人生相談は、冒険者相手にしちゃダメだぜ？　酒入ると口軽くなるから」

「マジか！　言ったわ！　酒場で！」

「あと、酒場で働いてる姉さん達に『やだあ、初恋もまだなんてっ、団長さんったらカ〜ワ〜イ〜イっ』って言われてデレデレしたらダメだろ。アレは、気持ち良く飲んで食べてもらうためのリップサービスだからな？」

しっかりフィルズは、女性達の言葉は女の子の可愛らしい声で告げる。ヴィランズはもう羞恥《しゅうち》で顔が真っ赤だ。

「そこまで知ってんの何で⁉　その女声やめてっ。ちゃんと思い出した！」

「そっか。なら反省するように。因みに、最近やたらと若い女達がヴィランズの見回りの時に近付いてくるのは、それが理由。腕の怪我も問題なくなったし、狙い目って思われてるから」

「っ、ひいっ。女怖いっ。だからかよっ！」

「まあ、この機会に真剣に考えてみるのもアリかもな」

「ううっ。その大人な回答っ、刺さるからやめてっ」

「はいはい」

顔を両手で覆って撃沈したのを見て、ヴィランズを揶揄《からか》うのはこれくらいにしよう、とフィルズは満足した。

「さてと。リュブラン、マグナ。話が途中になってたな。裏ワザってやつ、見せてやるよ」

「あ、うんっ」

「裏ワザ……」

どんなのだろうと二人が近づいて来た。

「これは神の加護を使う魔法だ。神の力を感じたことがあれば比較的すぐにできるようになる。教会に居る神官達は誰でもできるし、併設されてる孤児院の子ども達も、多分大半ができるものだ。今の時代じゃ、誰もやらないけどな」

「え？」

フィルズは、魔力を放出して両手を祈《いの》りの形に組んだ。そして、ふっと目を閉じて加護の力を感じ取る。

「【請願《せいがん》する】」

声に魔力が乗る。次の瞬間、目を開けたフィルズが力強く告げた。

「【可視化】【神判《しんぱん》】！」

「「「「っ!!」」」」

風が吹き抜けるように、魔力の奔流《ほんりゅう》がコンテナハウスから出た者達と、籠車に居る盗賊達にも向かう。そして、それが吹き抜けた後に、彼らの頭の上に、光る『▼』マークがあった。

リュブランも、ヴィランズ達も、揃ってポカンと口を開いた。謎のマークに驚いたらしい。

「お〜、夜だからよく視《み》えるなあ」

その『▼』マークは、淡いライトのように盗賊達の頭上を照らしている。

「これ、賢者達が居た時代じゃ、よく使われてたんだってさ。冒険者のパーティに、加護の強い神官とかが一人は入ってたらしくて、盗賊退治の時の開始と同時に発動するお約束の技」

いわゆる回復役。聖職者《プリースト》と呼ばれる者が必ずパーティには居たのだ。

「効果時間は五分。あのマーク、赤黒いほど神が許していない罪を犯した者って印だ。普通は白に近い淡い黄色。そんで、軽犯罪……盗みとか、他人を意味なく虐《いじ》めたとか傷付けたとかいうことをした奴は、赤がちょい混ざる橙《だいだい》。やられた相手が忘れたり、許したりすると、色は薄まるらしい」

ここで、何とかリュブランが疑問を口にする。

「え、待って。これは誰相手でも、どこでも可能なの？」

「ん？　いや。制限はある。あれだ。町中で町の人含めてもできるかってことだろ？」

「うん……だって、これは確かにすごいけど……」

「ああ。普通に生活してる奴らはいいとして、まあ、それなりに反省しながら生きてる奴もいたら問題になるよな。完全に個人情報だし？」

「うん……」

信じていた恋人が、父親や母親が、罪を犯していたと突然知ったらパニックになるだろう。

「これは、敵対する意志がある集団ってのが前提。後、細かい制限があるから、盗賊限定だと思っとけばいい。で、まあ、それらを踏まえて色を確認だ」

「……ほとんど赤いけど……？」

リュブランがじっと目を凝《こ》らして籠車の中を見て確認した。

「だなあ。いやあ、見事に大人全員アウト！　これは心も痛まねえなあ。あ、子どもらはセーフで良かったよ。よし、お前らは後でメシ食わしてやる。その前に、ペルタ！　こいつらも風呂入れてくれ！」

《あいよ。コイツらはコンテナへ連れてけ》

《はいです！　おいで～です！》

「「ん……」」

ペルタも安心したようだ。先に風呂に入れていたあの飛びかかって来た子ども二人も、橙が少し混ざっているような気もするが、黄色だろうということで、子ペンギン達に指示し、コンテナの中に誘導していく。ほっかほかになって、眠そうだったのだ。少し待遇も格上げし、毛布も出してやった。

「でだ。まあ、予想通り……そこのじいさんはすげえ赤黒いな」

「つ……だから何だ……」

この世界では、神は身近なものだ。祈ることを忘れた盗賊でも、神は居ると信じている。だからこそ、少しは不安を感じたのだろう。フィルズは言ったのだ。赤黒い印は、神が許していない者の印だと。

「ん～。これはアレだな……ここまでだと、次に回せないから、死んだら消滅だわ」

「……は？」

老人が素《す》で返して来た。

「いや、転生の時に、罪をそれなりに洗い流されるんだけど、ここまでだと次に持ち越しになる。けど、次のお前は悪いことしてないじゃん？　なのに罪だけ押し付けられるのも不憫《ふびん》だから、こういう場合は廃棄《はいき》。次はないと思えってやつ。あ、違うか。次なんてもうないよってやつだ」

「……え……」

理解の限界を超えたらしい。人々は、来世を信じている。そして、多くの者が願う。『来世こそ幸せに』と。そうして目を閉じる。その先がないと言われたのだ。自身の罪を自覚していても、衝撃だったのだろう。それに構わず、フィルズは次の手を見せることにする。

「次は、相手が一人の時に使えるやつ。視《み》えるのは一分くらいだから集中してくれ。あのじいさんの印の上に注目だ」

「うん……？」

「わ、分かった……」

意味が分からないながらも、フィルズが言うならと目を向けるリュブラン達。ヴィランズ達もだ。そして、子ペンギンがノートとペンを持ってスタンバイするのを、不思議そうに見た。

「じゃあ、始める。これは完全にルールを逸脱《いつだつ》した犯罪者にしか発動も、適応もされないから、赤い印の奴ら専用のやつだ」

フィルズは手を組み、目を閉じる。まるで、目の前に祭壇《さいだん》があるように、祈りを捧《ささ》げる。立ったままだが、とても神聖《しんせい》なものに見えた。

「【請願する】」

魔力がまた広がった。だが、今度はフィルズの手に集まっていく。眩《まばゆ》い光が灯り、目を開けたフィルズは、老人を射抜くように見つめて告げた。

「【罪の来歴】！」

「っ、うっ！」

老人に、フィルズの手に集まっていた光が一直線に向かった。眩しさに両手を顔の前に掲げて目を閉じる老人。その光が老人を包むと、それが頭上に抜けていった。

「「うわ～……」」

感心したような、感嘆の声を出すリュブランとマグナ。光が抜けると同時に、老人の頭の上、印の上に光の文字盤が現れていく。それは尚も伸び、一メートルを超えた。

「おいおい……すげえ量だな……」

フィルズも驚いた。その文字盤には『殺人』と書かれた後に被害者の名前がずらずらっと続く。それが三分の二ほどのスペースを取っていた。最後に『計１３４人』と書かれているのにドン引きする。

「マジか……戦場なら英雄か？　三桁《けた》は引くわ」

ヴィランズが目を丸くして確認する。

「は？　ちょっ、フィル⁉　あれ、こ、コイツがヤった……奴らの名前か？」

「そうだ。これはいわば『閻魔帳《えんまちょう》』の略式版だから、そこに載ってるのは正確だぜ」

「え、えんまちょ？」

次にあるのが『暴行』、『器物損壊』、『誘拐《ゆうかい》』、『窃盗《せっとう》』と続く。それぞれ人の名前の前には、その者が祝福を得た教会の場所が書かれている。

この世界、住所はないし、貴族に連《つら》なる者以外は名字がない。よって、人の特定はとても難しい。祝福は大抵、生まれた場所にある教会で成されるものなので、これが多少は手がかりとなる。

「それにしても、全部の罪という罪を犯したって感じだな。よく今まで捕まらなかったもんだ」

「……こんな奴が居たなんてな……」

ヴィランズは騎士だ。だからだろう。悔しそうに顔を顰めた。これほどの罪を犯した者がのうのうと生き延びていたなんて、と後悔しているようだ。唇を噛みながら、穴が開くほど罪の一覧を見つめている。それをチラリと見て、フィルズがため息混じりに口を開く。

「そんな顔すんな。確かに、コイツがこれだけの罪を犯して生き延びてるってのは許せんことだ……けど、生きてるんなら、まだ反省させられる。こいつの手にかかった人らの身内は、行き場がなかった恨みをぶつけることもできる。悪いことばかりじゃないさ」

「……そう……だな……ってか、何でそんな冷静なんだよっ」

フィルズは常と変わらない。これだけすごいことをしても、衝撃的なものを見ても冷静だ。

「いや、さすがにこれは俺も引くぜ？　けど、反省もなく死なれるよりいいと思わね？」

「っ、それは……確かに……」

「だから、簡単に死なす気はねえ……よっ！」

フィルズは気付いていた。この老人、小さいナイフを持っていたのだ。それで自決を図った。それを、フィルズは魔力で出来た細い剣で弾き飛ばす。

「っ、くっ」

「はっ、残念だったな。丸分かりだ。取り押さえろ」

これに応えたのが、のそりと近付いて来ていた一体のシロクマだった。

《グワァウ》

「っ、ひぃっ……」

地面にうつ伏せで倒され、その背中にシロクマが太い腕を置いて動けなくしていた。腕もしっかり固定されている。寧ろ、老人は、恐怖で動けなくなっているようだ。

フィルズが骨格から拘って精巧に作ったシロクマは、どこからどう見ても魔獣にしか見えない。そのシロクマは特に大型。普通、魔獣ならば、近付くことは死を意味するものだ。相当怖いだろう。老人はいつの間にか気絶している。子ども達を先にこの場から離しておいて良かった。

「さてと……」

《クゥ〜》

シロクマがコレをどうしますかと目で訴えて来る。

「ん？　ああ、離していいぞ。当分起きないだろ。ばあちゃんの方はどうなったかな」

シロクマはその場で待機してくれるらしい。倒れた老人の横に丸くなった。

そこへ、ファリマスが女の片腕を掴んで連れて戻って来る。完全に不貞腐れた顔の女の様子から察するに、反省にはまだ程遠いようだ。

「すまないねえ。母親ってのを教えて、反抗的な態度は改めさせたんだが」

「いや。しゃあねえんじゃね？　反省したことないかもだし」

「ああ。なるほど。経験がないと……心配だねえ……」

「子どもがな……」

全員の目が、女の腹に向けられた。生まれる前から同情される子どもとは何だろうか。これは教会に期待するしかない。

「とりあえず、そっちの女の罪歴を確認する」

彼女の頭の上にも、しっかりと赤黒い『▼』マークがあったのだ。その後、可視化した罪歴もけっこうなものだった。

「……こっちもすげえな……」

ヴィランズが怒りを忘れて本気で引いていた。

因みに、これも子ペンギン達が頑張って書き写している。老人の方のそれを書く時点で、三匹に増えていた。一匹では無理だったようだ。予想外に罪が多過ぎた。フィルズがため息を漏らす。

「あっちのじいさんの方の時も思ったが、貴族らしい名前が多いな……これは、早急に反省させねえと……」

フィルズは少し焦る。これにファリマスが反応した。

「何かあるのかい？」

「いや、だって、これだと縛り首確定じゃん？　反省する時間がなくなる。サクッとやられたら、そこで終了だろ。もったいない。こういう奴は、刑が執行される時でも反省のはの字もなく笑いそうだろ」

「「確かに」」

ヴィランズとファリマスが納得した。

「最後まで悪！　俺かっこいい！　とか思ってそうで腹立たねえ？」

「ありそうだな……」

「あるだろうね……」

反省しない奴はしないのだ。だが、それだとやられた方の気は治まらない。

「だから、ちょっとでも反省というか、後悔させてやりてえんだけど……俺が考えるのもな……」

どうしてやろうかと悩むのも馬鹿らしい。そこでふと気配を感じて上空を見上げる。そして、
フィルズは困った顔で手を差し出した。

「出て来ていいのか？　リューラ」

「逆にこうした場所の方が特定されなくていいのよ」

フィルズの手を取ったのは、命の女神リューラだった。

ミッション④　仲良く旅をしよう

　ふわりとフィルズの手を取って降り立った女神。誰もにその姿が見えるようにしているらしいというのが、フィルズには感覚的に分かっていた。そしてそれは正しかったようだ。

「「「「っ……!!」」」」

　強烈な気配に、強制的に意識を取り戻し、目を覚ました老人も、不貞腐れた顔のままだった女も、ファリマスやヴィランズ、リュブラン達、籠車の中の盗賊達も息を呑んだ。

「……っ……女神……」

　誰の声かも分からない。だが、誰もが女神だと理解した。美しい金の髪に、金の瞳。その体からは光が溢れているような錯覚《さっかく》さえする。

「リューラ様だ……」

「あの絵と同じだ……」

「綺麗……」

　冒険者達が感動で涙を流す。特に彼らは、その姿を知っていた。ひと月ほど前、フィルズが公爵領の教会に神々の絵を奉納《ほうのう》した。これまで、神像はあっても、色付けもされず、似ているかどうかも怪しい物も多かった。神の姿を見たことがあるはずの神官達には、その姿を描き留めるなんて発想はなかったらしい。

『いやあ。まあ、神像は似てても似ていなくてもこういうものと思っていましたから』

というのが、神殿長の言葉。神官達もそうだった。神も不満なんて言わない。心を込めて作られた神像が、似てないから置くな、なんて言う方々ではない。だが、愛し子であるフィルズにはポロっとこぼすのだ。

『やっぱり、せめて似てるやつが欲しいんだよね～』

『もう少し似せてくれると嬉しい……かな』

『あそこのは、太って見えるからちょっと嫌だな～なんて……思ってたの』

などなど、雑談ついでに言って来た。これを受けて、元々神像を作るつもりだったフィルズは、その前に絵を描くことにした。ちゃんと色も研究して、銀や金の絵の具も作ったのだ。

そうして出来上がったのが姿絵。一柱ずつの姿絵だ。クラルスに着物の帯のような物を織《お》ってもらい、天地付けで仕上げた巻き物状の物。季節や儀式に応じて掛ける場所も変えるための仕様なのだが、これがとても好評で、しばらく神官達だけで楽しんでいたらしい。

そうして出た意見がこれだ。

『確かに一柱ずつは嬉しいんですけどねっ。全部一緒に見たいです！　でも、スペースが……なので、一枚大きめので！　まとめてください！』

神達も賛同したことで、改めて描いた。横一メートル、縦一・五メートルの紙で。こちらはさすがに巻くのも大変なので額に入れ、額縁にも彫刻して凝りに凝った。絵の構図は家族写真みたいだが、それがまた良い、と神にも神官達にも大絶賛される出来となった。

そうして、ようやく先日、教会の祭壇に掛けられたらしいのだが、参拝《さんぱい》した住民達から噂が広まり、人々は毎日のように見に行っているらしい。

冒険者達もそうだ。鮮やかな色で、本当にこんな姿なのかと最初の頃は少し眉根を寄せたらしいのだが、実際に神の姿を見たことがある神殿長も絶賛していることから、間違いないと確信が持てたという。そして今、彼らの目の前にその神が居た。

「……本当だった……」

思わず拝《おが》みたくなるほどの力を感じたらしい。誰もが自然に手を組んでいた。そんな中で、フィルズだけがいつも通りだ。

「で？　どうしたんだ？」

「フィルが困ってるみたいだったから、いいことを教えてあげようと思って」

とっても綺麗な微笑み。誰もが見惚《みと》れるが、フィルズにはその笑みの裏の黒さが見えた。

「どういうことだ？」

「あのね？　この世界の人は、どれだけ罪を犯しても、加護が完全になくなることはないの。加護は、私達の管理下にあるということを示す印でもあるから」

「加護がこの世界の人っていう保証ってことか」

「ええ。だから、生まれた時には誰もに、仮に加護を与えてもいるの」

この世界に生まれた人は、最初から最後までこの世界の神々の管理下にあるということ。それは、魂の次の行方《ゆくえ》もきちんと管理するということでもある。その説明を聞いて、なるほどとフィルズは頷く。そこに、甘えるような声で鳴きながら、ジュエルが飛んで来る。

《クル〜ウ》

「ふふ。いらっしゃい」

そうして、リューラの腕の中に着地した。リューラも嬉しそうにジュエルを撫でながら、そろそろ消える頃合いの老人の方の罪歴と、女性の方の罪歴に上から下へ視線を滑らせ、ため息を吐く。

「あちらの男性の方は、カザンの加護もあったようですけれど、それはもうかなり前に消えています。女性の方はユランね。けど、そちらも消えている……」

「加護が消えるとか、本当にあるんだ？」

大変和む光景、そして、とっても尊いと拝みたくなるような様子のリューラとジュエルだが、出て来た言葉は衝撃的なものだった。冒険者達も驚いた顔をしている。加護が増えることはあっても、消えるなんて考えたこともなかったのだろう。

「ふふ。当然、相応《ふさわ》しくないと判断すれば、加護を取り上げることもあるわ」

リュブランとマグナは顔を見合わせて、今のリューラの言葉を反芻《はんすう》しているようだ。ヴィランズやリフタール、その息子のフレバーと、後は静かに全ての事の成り行きを見守ろうと一歩引いていたファリマスも、そんなことがと驚きに目を瞠《みは》る。

加護の有無は、自分では確かめられない。教会で祝福を受けた時に、神官長や神殿長に教えられるのが普通で、それを大事にしていくのだ。途中で取り上げられているなんてことには、余程違和感がなければ気付くことはない。

「でもね……加護を完全になくすことはできないの。これは、この世界の決まりよ」

「だから、リューラの加護だけが残ってるのか」

「そうよ。私の加護は必ず最後まで残るわ。これはとっても重要なの。特に犯罪者には」

そうして、リューラはジュエルを抱いたまま、ゆっくりと老人と女性に歩み寄る。

「私の加護は消えない……なかったとしても与えるわ。なぜだか分かる？」

「「っ……」」

声を出すこともできずに、女性の方もいつの間にか座り込んでおり、二人揃ってリューラを見上げていた。

一方のリューラとジュエルは、冷めた目で彼らを見下ろす。陶然《とうぜん》としていた最初の時とは違い、老人と女性は小さく震えていた。それを見て、フィルズはまずいと思い、リューラへ歩み寄る。そして、声を掛けた。だが、リューラが同時に口を開いていて間に合わない。

「リューっ……」

「私の加護は消えないのよ。命の女神である生と死を司《つかさど》る私の加護……これは神々からの罰《ばつ》よ。あなた達は、胴体から首が離れても、意識は肉体に残り続ける」

「「っ……！」」

その笑みから二人は目が離せない。恐怖と威圧に、カタカタと歯の根が合わなくなっている。

「魂が完全に消滅するまで、痛みと苦しみが続くでしょう。そうして消えなさい。私達の世界に、あなた方は必要ありません」

《クキュフ》

これは神の総意。ジュエルも心せよ、といっそう瞳孔《どうこう》を細くして睨む。加護を与えていた神を失望させたようなものなのだ。許されることではない。

「人の中での刑罰が与えられるまで、死ぬことはありませんから、反省する時間はたっぷりあるでしょう。せめて、早く終わりが来るように、今からでも祈りなさい」

「っ……ひっ」」

二人は、耐えられなくなって気絶した。

「あらあら。思ったほど根性はないのね……」

《クキュ？》

リューラが細い腰に手を当て、心底失望したという表情で倒れた彼らを見下ろした。ジュエルもこれで終わりかと首を傾げる。

「リューラ……最近、キレやすいんじゃないか？」

「嫌だわ、フィルったら。おバカな子が多いのがいけないのよっ」

「ん〜、まあ、こいつらはおバカだろうが……あ〜、そうだ。丁度いい。ほら子ども達。神様は見てるからな？　ため息吐かせんように、堅実に、誠実に生きるように」

「「「「っ、はいっ」」」」

涙目になっている子も多い。悪いことをしたらどうなるかというのを、知ることができたのだ。これからは考え方も変わるだろう。離れてはいるが、全てのやり取りが聞こえていたらしい籠車の中の盗賊達も、寒さのせいだけではなくカタカタと震えて俯《うつむ》いているようだった。

フィルズは、項垂れる盗賊達の姿を確認して、ペルタへ声を掛ける。多少は反省できているならばと意識を切り替えたのだ。

「ペルタ。子ども達は二号車に乗せる。食事もさせていい」

《了解した。ほれ、お前達、あっちに行くぞ。中は暖かいから、湯冷めする前に急げ。お前達もだ》

コンテナ内で微睡《まどろ》みかけていた、フィルズに飛びかかった二人の子ども達も呼び出し、ペルタが魔導車へ誘導していった。

「リューラ、ありがとな。お茶でもしてくか？」

「嬉しいけど、また今度でいいわ。それより。ねえ、フィルにお願いがあるの」

「ん？　また面倒なことか？」

リュブラン達を助けた時も、ジュエルが生まれ変わるという時も、リューラの願いからだった。少し警戒するのは仕方がない。

「やあね。面倒だなんて。あのシロクマさんが欲しいのよ」

「……何でまた……」

「あの子なら乗れるでしょう？　強そうだし、私に似合うと思わない？」

「……思う……」

リューラがシロクマに乗って移動するのを想像すると、とってもよく似合っていた。

「……毛色はどうする？　どの毛皮がいいんだ？」

別に作るのは嫌いじゃない。これはフィルズにとって面倒には入らなかった。どうせならば注文を受け付けるというフィルズの言葉に、リューラは軽く腕を組んで、片頬に手を当てて首を傾げる。

「そうねえ……」

リューラは顔を森へと向け、長く整った指を差した。

「あの毛皮がいいわ」

「……タヌキか……」

丁度森から出て来たのは、ラクンエルという大きな金色の狸《たぬき》だ。顔はアライグマに似ている。そしてとっても凶暴。大きさは、大きいもので子熊と同じくらいになる。可愛くない狸だった。ここに棲息《せいそく》しているのは小型だ。

《ガルルルルッ》

「……金色がいいってことだな」

「そうよ」

「しっかり洗えば、いい色になりそうだな」

「そうよねっ。アレで作って欲しいわ」

「分かった」

フィルズは、魔力で弓を作り出し、すかさずラクンエルの片目を射抜く。

《グラァァァっ》

更に眉間《みけん》、もう一つの目と射ると、ラクンエルはドサッと倒れた。逃げることも許さない速攻技だった。

「ほおっ。すごいもんだねっ。さすがは、私の孫だ！」

「「「「いやいやいやっ。ねえわ」」」」

誇らしげなファリマスとは違い、冒険者とヴィランズ達は、全力で手と首を横に振っていた。

冒険者の一人がフィルズの手にしている弓を指差す。

「ねえっ、その弓っ、弓？　っ、ソレ何!?　なんか光ってるんだけどっ」

魔力で作り出した物なので、淡く光を放っている。矢も無限に出て来る仕様。構えていない今は、その矢がない。ヴィランズがはっとした。

「そうだっ！　フィル！　さっきのあの爺さんのナイフを弾いたのもソレだよな!?　ソレっ、それ、アレか!?」

「……アレ、ソレ言い過ぎだろ……まあ、意味は分かるけどな。うん、全部いけた」

周りには意味が全く分からないが、ヴィランズだけは理解する。

「だよな!?　コレ、『剣の極意《ごくい》』の最終奥義《おうぎ》だよな!?」

「うん」

「うんじゃねえよ!!　そういうとこ！　そういうとこある!!」

ヴィランズが座り込んで地面を叩き出した。片腕だった時とはやっぱり安定感が違うな、と義手の開発者たるフィルズは呑気な感想を持つ。

「別に大したことじゃねえだろ？　それより、解体手伝ってくれよ。ラクンエルって美味いんだぜ」

「そうなの？」

リュブランが倒れたラクンエルに目を向けて不思議そうに続ける。

「肉食系の魔獣の肉って、硬くてあまり美味しくないって聞くけど」

「ああ。それはある。けど、ラクンエルは基本、木の実が主食なんだよ」

これを聞いて、マグナが目を丸くする。

「木の実？　あんな凶暴そうな見た目なのに？」

「雑食だから、結構何でも食べるけど、主食は木の実なんだってさ。あの大きさでも胃が小さいんだよ。あくまでも、自衛のために進化した種だから」

「へえ……知らなかった……」

「この国じゃ、この辺りでしか棲息してないからな」

主食とする木の実が生《な》る場所に棲息するのは当然で、この国ではもう、この辺りにしかその木がないということらしい。

「さてと。あんまのんびりもしてられんからな。さっさと解体するか。リューラ、座るのに鞍は要るか？」

「そうねえ。あると嬉しいわ」

「分かった。じゃあ、出来次第送るよ」

「ええ。楽しみにしているわね」

そう言って、リューラは姿を消した。誰も神の顕現にこれ以降言及しなかった。神とはそういうものだと認識されているからだ。気に入った者、強い加護を与えた者の傍に姿を見せるというのは、知られていた。

ジュエルが少し寂しそうにしながらも、フィルズの肩にぶら下がる。

《クキュフ……》

「リューラならまた来るよ。もう遅いから、お前もハナ達と先に寝てろ」

《クキュ～》

分かったと答えてジュエルは魔導車へと飛んで行った。ビズは魔導車の外で見張りをしているらしい。籠車の中に居る盗賊達を脅しているとも言う。これなら彼らの反省は十分できそうだ。呆然自失してしまっている老人と女性は、コンテナに放り込み、シロクマが見張っている。

「そんじゃあ、解体して休むか。ん？」

そこに、フィルズのイヤフィスに通信が入る。

「……分かった。明日には合流できるって伝えてくれ」

通信を切ると、冒険者達がリュブラン達に解体の仕方を教えている所へ向かう。そして、その見学をしていたファリマスへ声を掛けた。

「ばあちゃん。俺の知り合いがじいちゃんを見つけて保護したってさ。明日合流できるよ」

「本当かい!?　それなら安心だ。ありがとね」

「いや。詳しい話は明日な」

「ああ。あの人が無事ならいいよ。どれ、私も手伝うよ」

心配事がなくなったということで、ファリマスも解体に加わり、とても早く作業は終わった。そして、全員が寝静まる頃、フィルズはペルタへ指示を出す。

「ペルタ。俺らは休むが、開門時間までに、次の町の前まで行きたい。夜の内に移動頼むぞ」

《了解だ。主》

そうして、この大所帯となった一行は、次の町へと夜の内に密かに移動を開始した。


ある程度予想はしていたが、朝日が昇る頃、町の外門で大騒ぎされた。

「何だアレはっ……」

「っ、他の兵を叩き起こせっ。これ以上近付けさせるなっ」

一見して馬車だとは分からないのだ。焦って当然だろう。御者らしい者がペルタであることも余計に不安を与える。しかし、ペルタ達による夜間の移動《自動運転》は問題なく行えるという結果を得られ、フィルズは気持ち良く目覚めてから満足げに頷く。

「うん。いい朝だな」

たとえ魔導車の周りが兵に囲まれていても問題ない。中に居ればどんな攻撃も受け付けない安心安全な設計だ。何より、目線の高さより少し上に窓があるため、気にもならなかった。

「う～ん。今日の朝食はどうするかな」

呑気なものだ。

「ちょっ、フィル⁉　外、囲まれてるんだけど⁉」

ヴィランズが異変に気付いて動揺していた。当然だが、突然大勢の人を捕らえた籠車やシロクマを見たら、警戒されても仕方がないと少し考えれば分かる。

「落ち着けよ。何のためにあんたを連れて来たと思ってんだ？」

「え？　あ、そっか。俺が出て話せばいいんだ？」

手を打つヴィランズ。まったくとぼけた男だ。

「立場を思い出したんなら、早く説明して来てくれ。一応、ここの教会にも話が行ってるはずだから、心配するな」

「了解！」

リューラからこの国の神殿長へ伝えられ、この町の教会に事情は伝わっているはずだった。フィルズ自身もイヤフィスで神殿長に連絡している。

ヴィランズが飛び出して行くのをフィルズは気にせず、朝食の準備を始めた。あまりにもいつも通りなフィルズの行動を見て、リュブランが外を気にしながらも声を掛けて来る。

「団長さんだけで大丈夫なの？」

「ああ。一応、あれで顔はかなり知られてるから大丈夫だろ。それに、昨日の夜に神殿長にも事情を話してある。子ども達を引き取ってもらうことにもなってるし、こっちの神官達もじきに出て来るさ」

本格的に今日の朝食はどうしようかと冷蔵庫を開けるフィルズ。本当にいつも通りなのを見て、リュブランも肩の力を抜いた。

「ならいいけど……何か手伝うよ」

「じゃあ、スクランブルエッグを頼む。そうだな……チーズを混ぜたら美味そうだ」

「っ、う、うん」

そこに、マグナもやって来たので、そちらにも外を気にしなくて良いように指示を出す。

「マグナも手伝ってくれ。このロールパンに切れ込みを入れてオーブンに頼む」

「あ、うんっ」

フィルズは甘めのコーンスープである、クルフのスープを作り、サラダも彩り良く皿に盛った。ドレッシングは、にんじんのドレッシングにする。ベーコンのフチがカリッとなるまで焼いてそれをスクランブルエッグの隣へ。ロールパンに切れ込みを入れたのは、スクランブルエッグやベーコン、サラダを挟んで食べられるようにだ。

「うん、これぞ朝食って感じだなっ」

カラフルな朝食になった。玉子の黄色が鮮やかだ。それに満足しながら頷く。

朝食がテーブルに並ぶ頃、ヴィランズが外から声を掛けて来る。入り口の前で中を覗き込むようにして尋ねて来た。

「おい、フィル〜。全部引き渡していいんだよな？」

「ん？　ああ。子ども達も含めて全部だ。あと、子ペンギンが書き取ったあの二人の罪歴のメモも一緒にな」

「それがあったか……お～い。ペルタさんよ～」

ヴィランズがペルタへ声を掛けながら、入り口の前から移動して行った。子ペンギンの行動は全てペルタが管理していると、当たり前のように理解しているからだ。

入り口に、今度は隠密ウサギが一匹現れる。

《町の者にアジトへの案内を頼まれました。いかがされますか》

濃い緑色の隠密ウサギだ。

「案内してやってくれ。シロクマも二匹とも連れて行ってくれていい。引き続き戦闘経験を積ませてくれ。次の合流はD地点。その他の作戦にも変更なしだ」

《承知しました》

返事を口にするとほぼ同時に、その姿はかき消えていた。次にイヤフィスでペルタに繋ぎ、指示を出す。

「ペルタ。引き渡しが全部完了して、籠車やコンテナを収納したら出発だ。食事してるから、完了したら声を掛けてくれ」

これに了解と返って来たので、食事を始めることにする。

「ばあちゃんっ。朝メシ出来たから降りて来てよ」

ファリマスは、二階の見張り台に出ていたので、そちらに声を掛ける。上から取り囲んでいる兵達の動きを見ていたらしい。

「ああ。悪いねえ。すぐ降りるよ」

「ん〜。エン、ギン、ハナ、ジュエル。お前らのメシもこっちな」

《ワフっ》

《クゥン》

《キュンっ》

《クキュフ！》

彼らには専用のお皿があるので、そこに並べてやれば間違えることなく口を付ける。ビズには、子ペンギンに持って行かせた。そんな守護獣達を見て、ファリマスが目元を和ませる。

「可愛いねえ。外に居るバイコーンは美人さんだし、クラルスも喜んだろう」

「時間があれば撫でに来たりしてるよ」

「なら、今は寂しがってるかもね」

「そうだな〜。けど、クマ達が居るし。ママって慕《した》ってくれる奴らも周りに居るからさ」

「あの子がママねえ……それは会うのが楽しみだ」

懐かしがるような、そんな顔をして、ファリマスは勧められた席に座った。

そこに、ヴィランズが外から駆け戻って来る。

「俺のメシっ。俺の朝メシは!?」

「あるよ。さっさと手え洗って来い」

「分かった！」

フィルズの周りでは、手洗いを徹底させている。周囲もそろそろ違和感なく受け入れるようになって来たようだ。冒険者達も揃い、食事を始める。

食べながら、ヴィランズが言おうと思っていたことを思い出したらしい。

「そういや。あいつらの討伐依頼はこの町で出てるってよ。ギルドの方に報告を回してもらったから……武神さんはギルドカードをお持ちで？」

「ん？　私かい？　持っているが？」

「なら、報酬《ほうしゅう》の支払いはギルドで問題なさそうだな。この後もフィルとご一緒するんですよね？」

「ああ。クラルスに会いたいしね」

ファリマスは、このまま行動を共にすると決めていた。

「なら、エントラール支部で受け取れるようにしときます」

エントラール公爵領の領都、そこにあるギルド支部で報酬が受け取れるように手続きすることになるらしい。ここで時間をこれ以上使う気はフィルズにはないと、ヴィランズも分かっているのだ。

「おや？　私にあれの報酬をくれるのかい？」

「ええ。そうだよな？　フィル」

「そうだな。おっちゃん達もいいんだよな？」

冒険者達に、今回の盗賊討伐における報酬は必要ないよなと確認する。

「おう。ちょっと向き合ったくらいで、ほとんど何もしてねえし」

「回収もペルタさん達がしてたし？」

「あんなのお手伝いに入らないもんね」

「寧ろほとんど見てただけだ」

盗賊達と少しはやり合ったが、戦闘不能に追い込めたのは数人。その後は、ファリマスが来て避難したのだ。盗賊討伐と言えるほどの働きはできていなかったという認識だった。

「ってことだから、ばあちゃんが報酬受け取ってよ。俺らは、この先に出る盗賊討伐の依頼を受けてるから」

「そうなのかい……分かった。じゃあ、その討伐をちょっと手伝わせてもらうよ。無関係……じゃなさそうだしね」

ファリマスは難しい顔をしていた。それにあっさり同意するのがフィルズだ。

「まあ、じいちゃんがフラついてた理由ではあるかな。ばあちゃんも、じいちゃんが盗賊にわざと捕まろうとしてたのを知ってたから捕まったんだろ？　狙ってた盗賊じゃなかったみたいだが」

「……知ってたのかい？」

「何となく？　ばあちゃんが盗賊に捕まるとかあり得ないし」

「ははっ。そりゃそうだっ」

武神とまで呼ばれる人が、理由もなく盗賊に捕まるはずはなかった。

◆　◆　◆

フィルズ達が朝食をとっているのと同じ頃。馬車に乗り、自領へ向かおうとしているこの国の宰《さい》相《しょう》、リゼンフィア・ラト・エントラール。彼の向かいの席では、儚《はかな》げで美しい人が、物憂《ものう》げに窓の外を見ている。

「……」

見ていると目が離せなくなる。そんな不思議な魅力を持つ美女が、自分の義理の父親らしいと知り、彼は平常心を保とうと必死だ。その馬車の後ろには、先王夫妻と、世話役として付いて来た何かと問題を起こす幼馴染《おさななじみ》が居る。この意味不明な一行となったのは、不本意この上なかった。

リゼンフィアは、この状況から目を背《そむ》けるべく、これまでの経緯を思い出してみることにする。

事の起こりは一週間ほど前。最初は、ただ自領に戻る準備のため、多くの仕事を前倒しにしたりと、調整に忙《せわ》しなく動いていた。準備が整うという見通しが立ち、息子へと帰領する連絡の手紙を出そうかというその日、ファスター王から呼び出しがあった。

「……隣国の方に変化があったか……？」

リゼンフィアが近く自領に戻るというのは、ファスター王も分かっている。その折に、辺境伯領と接する隣国の様子も見て来るようにと言われていた。ファスター王自身で直接辺境を視察し、そこでの隣国とのいざこざの結果、将軍リフタールを引き抜いて来たというのは、聞いて知っている。

ただし、国内にその情報は出回っていない。隣国の方では、将軍は死んだとの発表があったようだ。あちらは引き渡しの折に将軍を生かす気がなかった。攻撃まで仕掛けて来たのだ。実際、毒を飲まされていたと聞いている。

そこまで手を回していたのだ。隣国からまた何か言って来て、面倒なことになるのではないかと気を揉んでいた。しかし、呼び出されたリゼンフィアに伝えられたのは、同行者についてだった。

「……は？　先王陛下夫妻を？」

「うむ。どうしてもフィルに直接礼が言いたいと聞かなくてな……確かに、今を逃せば、二度と外へなど出られなくなるかもしれん……馬車も最新式だろう？　頼めぬか？」

それはもうよろしくと言っているようなものではないかと、リゼンフィアは仕方なく頷いた。

「分かりました……」

フィルズが改良し、先日、騎士によって公爵領から運ばれて来た馬車。それは、空間拡張もされた、今では国宝級の馬車で、本来ならば王に献上されるような物だった。だが、外の豪華な装飾が間に合わないからと、先にこちらに卸《おろ》されたのだ。きちんと王も納得済み。

王家の物は、この馬車よりも広い空間が取られているらしい。それよりも劣《おと》るとはいえ、一室を持ち運んでいるようなもの。普通ではなかった。


出発当日、公爵家から馬車を二台出した。どちらも最新式の馬車だ。改良点があれば、フィルズの所にある三台目が改良され、それと交換する。使い勝手を確認して残りの一台を交換する、常に改良した馬車が届く方式。これを王家用の馬車でもしている。

王宮の奥。先王夫妻の住む離宮の前に馬車を並べて、リゼンフィアは付けることも習慣となった左耳にあるイヤフィスに触れると、ふうと息を吐く。これを傍で見ていた公爵家の護衛の代表が、リゼンフィアに声を掛ける。その人の耳にもイヤフィスが付いていた。

「坊ちゃんは本当にすごい方ですねえ。いやあ、今回もまた新しい何かが出来ているんじゃないかと思うと、今から楽しみです」

「クルシュ……」

リゼンフィアがなぜ憂鬱《ゆううつ》そうにしているのか、分かっていて笑顔を見せるのがクルシュだ。彼はエントラール家に代々仕える一族の一人。よって、子どもの頃から付き合いがあった。クラルスと出会った時も、一緒に町にお忍びで遊びに行った仲だ。

「何ですか。その顔。まあ、宿も最低限しか使わずに馬車で寝て、最短で行くつもりだった予定がズレた、とか思ってるのは分かってますが」

「分かってるんじゃないか……」

速度が安定して出せる上に、乗り心地がよいため、体への負担を考えて何度も休憩する必要がないのは、かなりの時間的短縮に直結する。

そうして短縮された分、長く領に留まることができるのだ。その予定が狂う。それは、なるべく多くの時間を息子や妻に使おうと思っている今のリゼンフィアにとって、致命的だった。

「それでも十分だと思いますけどね。フィルズ坊ちゃんもクラルス様もお忙しいですから」

「そうだよな……」

フィルズは商会長としての仕事もあるし、そこに、こうした新たな物の改造などに直接手を出すこともある。話がしたいと言って訪ねて行っても、すぐに会えるわけではなかった。恐らく、一国の王と同じくらいアポ取りが難しい。

「私の息子と妻なのに……っ」

「ははは。公爵様と呼ばれる度《たび》に肩を落とすのが面白い、とセルジュ坊ちゃんも笑っていましたよ」

「ううっ……」

フィルズによって諭《さと》され、神殿長や大聖女と話をしたことで、どれだけ自分が家族に無関心だったのかをリゼンフィアは理解した。その代償が、息子に父と呼んでもらえず、心から愛した妻に公爵様と呼ばれることだった。

「ですけど、先日の会合でも思いましたが、本当に同じような問題がどの家にもあるんですねえ。今までよく気付かずにいられましたよ」

「それは私も思った……」

フィルズから父と認定されるための条件の一つが、貴族家の夫婦、家族の問題を改善するというものだ。多くの貴族は、一夫多妻で、幼い頃からの婚約者を第一夫人とし、以降、愛する者を第二、第三夫人として迎えていた。第一夫人の子どもが後継者となるが、それを補佐するためにも第二子、三子が必要だ。だが、子どもを産むというのは、女性にかなり負担がかかる。

フィルズからすれば、この世界の医療《いりょう》はほぼないに等しいため、それが命懸けになるのは少し考えれば分かる。いくら神の力を得た神術《しんじゅつ》であっても、治療には限度があるのだ。

よって、第二、第三夫人を迎えるのは第一夫人のためでもあった。しかし、貴族の令嬢達は、それをなるほどと理解してくれるような素直な性根ではない。男達の方も、第一夫人のために行動していたわけではなく、ただ単純に愛した者を迎えていただけだった。これがこの世界の問題の一つだ。

「どうも、この国だけの問題というわけでもないらしい。大聖女様には、この国が一番この問題が分かりやすく表面化していると言われた」

「そうでしたか。他国でも同じような……では、まだ良かったのかもしれませんな」

「そう……なのか？」

「表面化していなければ、フィルズ坊ちゃんやクラルス様も外に出て来なかったかもしれません」

「……それは、良かった……のか？」

それがおかしいと気付かなければ、フィルズも動かなかっただろう。あの離れの屋敷で、今も静かに暮らしていたかもしれない。とはいえ、フィルズには前世の記憶があるため、結果は変わらなかっただろうというのは、この場の誰も知る由《よし》もない。

「問題に気付いた貴族家の第二夫人と子ども達は、第一夫人の命令で部屋に閉じ込められていたと聞きましたよ。揃って、病だからと遠ざけられていたとも」

「ああ……」

この世界では、病とは恐ろしいもので、そのため、貴族家当主や直系の者は、その病に罹《かか》った者には近付いてはならないということになっていた。かつて、病によって一族が滅びたことが何度かあった。よって、病の者から距離を取るのは、家門のため、徹底すべき決まりだったのだ。

それを第一夫人に逆手《さかて》に取られていたのは、リゼンフィアも未だに悔しく思うところである。

「間抜けにも信じたのが私だけではないとはな……」

「いやあ、確かに直系筋には有効ですが、それにしても効果が絶大でしたな」

「……面白がってるだろ……」

「ははは。揃って信じるとか、素直に育ったなあと、他の家の者と笑ったのは否定しません」

「笑ったのか……」

確かに間抜けで滑稽《こっけい》な話だ。

「そういえば、フィルズ坊ちゃんが、病気とかについてはこっちでどうにかするって言ってましたね。どうするんでしょう」

「……分からん……だが、貴族家の第一夫人達に入れ知恵した者を探す必要はある。それはこちらの仕事だ」

「そうですね。揃ってっ、ぷふっ、揃って病気だと騙されてたんですからっ」

「笑うなっ……ったく……」

こうして苦々しく思っている当主は多く、騙されていた者は多いため、調査はかなり進んでいる。

「恐らく、第一王妃ではないかというところまで来た。あの王妃様が、と信じがたいが……」

「『悪いことしてる奴が、一番偽善者の顔を知ってる』とフィルズ坊ちゃんは言っていました。『本気で騙そうとしてる人の演技力は高いもの』というのが、クラルス様からの言葉です」

「……」

信じたくないと思うこと自体が、相手の思うツボということもあるのかもしれない。

そんな話をしていると、唐突に口を挟む者が居た。

「そうねえ。一見、優しく慈悲深《じひぶか》く見えていても、実際は手を伸ばす先に居る可哀想な者を作ったのがその人というのもあり得ることよ」

「っ……あなたは……っ」

「ふふっ。お久し振りじゃない？　リゼン？」

そこに居たのは、リゼンフィアと同年代の女性。

「……王妹《おうまい》殿下……あなたがなぜここに……」

腰に手を当てて登場したのは、王の妹でリゼンフィアの幼馴染、レヴィリアだった。

レヴィリアは、その仕草がもう染み付いているのだろう。腰に手を当てて胸を張り、斜めに構えて見せる。扇《おうぎ》があれば、それを優雅に広げて見せただろう。彼女はそれがとてもよく似合っていた。

そして、幼い頃から赤を好んで着る。

しかし、今はかつてないほど地味な装いだ。使用人の制服だった。それが全く似合っていない。

「っ……」

彼女に会うと、リゼンフィアは幼い頃に彼女に指を差されて言われたことを思い出す。

『わたくしがほしいといったら、なんでもよういするのよ！　それがあなたのやくめでしょ！　あなたはいっしょう、わたくしとおにいさまのために、はたらくのよっ』

幼いながらに、地獄《じごく》だと思ったものだ。宰相になればそれが現実になると知り、一時期他の役職に就けないかと本気で考えたこともあった。

「いやあね。出戻りした姫だからって、わたくしが離宮で大人しくしているとでも思った？」

「いえ、全く……」

リゼンフィアは大真面目な顔で否定した。

「よね？　わたくしの性格からして、そんなこと……って、ちょっとは心配しなさいな！」

「和平のために嫁《とつ》いで人質になっているはずなのに、宣戦布告という時に夫やら王やら、騎士団長やらを張り倒して引き摺《ず》って来た姫を心配とか……意味が分からない」

心配するだけ無駄という言葉が、これほどはっきり言えそうな人はそうそう居ないだろう。

「わたくしが野蛮《やばん》だと言いたいのかしら⁉」

「そうではなく、いつかやるとは思っていました」

「どういう意味よ‼」

幼馴染として付き合いがあったため、護衛のクルシュとも面識がある。困った子だなという顔をして、彼も口を開いた。

「自分よりも強い方としか結婚しないと豪語されていたではありませんか。完全な政略結婚でしたから、納得できずに不満が溜まっておられると思ってもおりましたよ」

「あら。さすがは、クルシュね。よく分かっているじゃない」

彼女には、夫ならば守ってくれる人でなくてはならないという理想があった。自分が守る側になるのは嫌だと。武でも頭脳でも、自分よりも下の男は必要ない。近くに存在することすら認めないとまで言っていた。しかし、彼女はそう言うのと同時に、自分を鍛え始めた。周りは、そんなに結婚が嫌なのかと思っていたのだが、実はそうではなかった。

「ええ。負けず嫌いの気性で、誰にも負けないと、暇があれば騎士の訓練に交ざり、鍛えておられましたね」

次は勝つと言って鍛え、本当に再戦しては相手を負かしていた。彼女は相当な負けず嫌いだったのだ。

「自分よりも強い人しか認めないというのに、日に日に強くなられて。どなたと結婚される気なのかと……今でも分かりませんが」

「っ、自業自得《じごうじとく》だと言いたいのね⁉　その通りよ‼」

怒りながらも、よく分かったわねと褒める。昔からこうした怒り方をする。情緒不安定な女性だ。そこに、車椅子に乗って、先王夫妻がやって来た。この車椅子はセイスフィア商会で手に入れた物で、今回はそのお礼を言いに出掛けることになったというわけだ。

夫妻にそれぞれ付いているのは、彼らに年齢も近い男女、侍従と侍女だった。レヴィリアの母親である前王妃が苦笑する。

「レヴィ？　またあなたは大きな声を出して……もう少し落ち着きを持ちなさいと言っているでしょう？　何のためにあなたに侍女の仕事をさせていると思っているの……」

「お母様っ。侍女になったからって、変わりませんわよっ。わたくしはわたくしですものっ」

自信満々に言い放つ様子は、嫁ぐ前から一切変わらない。そして、母親や周りに頭を抱えさせるのも同じだ。

「……はあ……誰に似たのかしら……本当に……どこの誰に似たのかしら？　あなた……」

「っ……」

じろりと夫を横目で睨む前王妃。先王はとっても目が泳いでいた。覚えがあると白状しているようなものだ。

「まあ、わたくしも悪いのよね……あの方にレヴィを任せて、王妃としての自分を優先したのだから……はあ……その辺り、神殿長様にご相談しましょう……」

この年になっても子育てについて悩むことになるとはと、前王妃は大きく息を吐いていた。

「ああ、お待たせしましたわね。宰相様」

「っ、あ、いえ……では、馬車にお乗りください」

ようやく出発できそうだ。


二台ある馬車の内、一台を先王夫妻とレヴィリアに使ってもらう。

真っ先に乗り込んだレヴィリアが、すぐに飛び出して来た。

「ちょっと！　なんなのこの馬車!!　どうなってるの!?　これが馬車!?　明らかに中の大きさがおかしいわ！　これはもう、部屋ではないの!!」

空間拡張の施されたバッグ、マジックバッグの存在はそれほど気にされず世間に受け入れられているが、それを他の物にも適応させるのは本来とても難しく、普通ではなかった。唯一、それが使われていると分かるのは、国の宝物庫だ。

しかし、王妹であっても簡単に入れる場所ではないし、城の奥まった場所にあるため、空間拡張が施されていることには気付かない。かつてそういった魔法があったということを知っていても、この馬車に同じ力が使われているとは思い当たらないだろう。

「……セイスフィア商会の最新型の馬車です……王家にも同型の物が近々納品されますよ」

「王家よりも先にあなたの所に入ってるってこと⁉　なんて失礼な商会なの⁉」

これに、リゼンフィアはすかさず返す。

「……そう言うなら、殿下は他の馬車にどうぞ」

「えっ……」

いつもより声が格段に低くなったのには、リゼンフィア自身驚いた。しかし、それより驚いたのがレヴィリアだ。反論されるとは思っていなかった。これまでも、『嫌ならいいです』なんてことを言われたことがなかったのだ。リゼンフィアは、そのまま今度は先王夫妻へ声を掛ける。

「どうぞ、車椅子ごと乗り込めると聞いていますので、そのままお乗りください」

「このまま？　中で身動きできなくならないか？」

先王が懸念すると、リゼンフィアはお付きの侍従に確認を頼む。

「先に確認していただければ分かるかと」

「っ、確認いたします……」

そうして、未だ反論されたことに衝撃を受けて動きを止めているレヴィリアの脇を通り、侍従と侍女が中に入った。

空間拡張を使っているため、外から覗き込んだだけでは、中の全容が見えないのだ。特に、フィルズが創るこういった馬車や魔導車は、外からの見た目と中の広さの違いが大きい。そのため、認知処理が上手くいかず、目眩《めまい》を起こすのだ。これがあるため、魔導車の窓は外の景色が見えないよう、高い位置に作られている。

この馬車の場合は、扉に近い位置に一つ大きな窓があるだけだ。二つ以上並んでいると、次に来る景色を脳が先に認識するため、距離感がおかしくなれば、それだけで混乱することになる。こうした事情もあり、外から覗き込んで見える位置には何も物を置かず、壁しか見えないように調整してあった。

そんな事情まで察せられるわけはないが、侍従と侍女は、中に二、三歩入り込んで確認する。

「「は……？」」

中に入れば、大きなソファーベッドが二つ。簡易ベッドも二つ隠されている。そして、車椅子を移動して動き回っても余裕がある広さがあった。外からの見た目の四、五倍はある広さに、二人は戸惑った。

因みに、馬車の出入り口が広いこと自体は、おかしくはない。貴族の令嬢達はドレスを着る。そのため、ある程度広くなければ、乗り降りすることができないのだ。

この馬車もそれに合わせて一枚のドアタイプではなく、二枚の扉のように開ける、広く取られた設計だった。特にこの馬車は、中で寝泊まりもできるし、荷物も持ち込める。着替えだって余裕でできるのだ。出入り口にはかなりの余裕を待たせていた。車椅子で上がっても、入るのにとても余裕がある。

侍従と侍女が驚いた表情のまま降りて来て先王夫妻へそれぞれ告げる。とはいえ、説明できなかった。よって当たり障《さわ》りのない言葉で終わる。

「問題ありません……」

「中はとても広うございます……」

「そうか……？　では、失礼しよう」

侍従が付いて先王の車椅子を馬車の入り口前に付ける。そこで、ふわりと車椅子が浮く。それを侍従に支えてもらいながら、中に入った。そして、当然驚く。

さすがに、先王は分かったようだ。

「っ、なんと……っ、これは……空間拡張の魔法陣が使われているのか……」

先王夫妻がその詳細を知らなかったのは、セイスフィア商会から王家に馬車が納品されても、これまで先王夫妻がその詳細を知らなかったのは、これまで出掛けることをしなかったからだ。

部屋の中ほどまで来て、侍従に少し手を貸してもらいながら車椅子から降り、ソファに座る。そうして、天井から床まで全てを見回した。天井も当然拡張されているため、高さも十分だ。圧迫感はない。馬車の入り口から、後ろの方に広く空間が取られており、入って来た場所からソファまでは、おそらく馬車一つ分離れていた。

同じように前王妃も乗り込み、部屋にしか見えない馬車の中を見回しながら、侍女に車椅子を押されて先王の隣までやって来る。

「これは……こんなことが可能なのですね……」

「そうだな……これは、かつて賢者がもたらしたと言われる伝説の馬車だろう。これが新型……」

「この飛ぶ車椅子も、セイスフィア商会からの物でしたね……それを考えると……納得してしまいます」

車椅子を受け取った時も仰天したのだ。だったら過去の遺物の再現くらいできてもおかしくない、との認識に落ち着く。未だ入り口付近で立ち止まり、馬車の中を見回すレヴィリア。その間にも、侍従と侍女は、同行する他の者達に荷物を運び込ませていく。

わざわざ荷物用の馬車を用意しなくても、この馬車に乗せられるとの判断が下されたのだ。

これで出発できるとなった時、リゼンフィアが馬車に乗り込んで告げる。この時にはレヴィリアももう何も言えなくなっており、随分静かだ。

「これより出発します。それほど揺れませんが、ご気分が悪くなったりした場合、そちらにある魔導具でこちらの馬車に連絡ができます。遠慮なくおっしゃってください」

「う、うむ……」

「まあ……」

「……」

中には、イヤフィスの機能を搭載《とうさい》した、固定電話のような物が取り付けてある。馬車同士で情報をやり取りできるのだ。カラオケボックスにある電話と同じ見た目に作られている。侍従に使い方の説明はしたので、これで本当に出発ができる。

「では、出発します！」

「ああ。頼む」

「はっ！　出立っ！」

護衛騎士は大仰にならないよう少なめだ。この馬車、中から鍵もかけられる。そうしてしまえば、防御の魔法陣が効いているため、窓も割れない。奪えないと分かれば、盗賊達は諦めるだろう。

水が出る魔導具のある簡易キッチンもあるし、小さいがバストイレ付きだ。籠城しても問題ない。

リゼンフィアがもう一つの馬車に乗り込むと、馬車は静かに出発した。

リゼンフィアは、自分の馬車内の整理を終え、後方に持ち込まれている執務机につく。

「ふう……ようやくか……」

この馬車は特別仕様のお気に入り。リゼンフィア用の馬車は、まるで執務室のようになっており、中で書類を広げながら、普通に仕事をしだす。これがリゼンフィアの最も落ち着くスタイルだ。

部屋の広さも理想的な上に、調理場もトイレもシャワー室もすぐ近くにある。屋敷や王宮の執務室よりもお気に入りで、ここでずっと執務をしたいと密かに願っていた。

ただし、悪路でも振動がほとんどないため、そのまま執務室に居る気になって、ふと部屋を出ようと扉を開けかけてしまうのは困りものだ。

荷物整理をする間にも馬車は動いていたが、ほとんど動いている感じがしないのだ。フィルズが『馬車酔いしない』というのを特に気にして改良したためだった。息子はすごいとフィルズを誇らしく思い、一人頬を緩ませる。

「む。いかんいかん……ニヤけ過ぎた。またクラルスに注意されるな」

表情筋が普段からあまり仕事をしていないリゼンフィアは、自分としてはかなりニヤけてだらしない顔をしていると思っている。他の人からすれば、特に見た目は変わらない。

しかし、クラルスには分かるのだ。それがリゼンフィアとしてはとても嬉しい。そしてまたクラルスとのやり取りを思い出してニヤニヤするのだが、その間も仕事の手は止めていなかった。

全ては、少しでも領地に戻ってからの執務の時間を減らし、フィルズやクラルス、それと、最近特に冷たさを感じるようになった長男のセルジュとの時間を作るためだ。娘も居るが、そちらは教会から派遣《はけん》されている神官に任せている。

彼女がお手本にしていた母親が罰を受けている上、色々と納得のいかない難しい年頃なのだ。父親としても今まで関わらなかったのだから、落ち着くまで今更変に関わるなと、神殿長や大聖女から注意されているため、接触を避けていた。

出発してから書類の一つを読み終わる頃。リゼンフィアは時間を確認してイヤフィスの端末を取り出す。胸ポケットに入れてあった小さなカードのようなそれを操作し『ホワイト』に繋げる。すぐに応答があった。

『《はーい。ホワイトでしゅ！》』

「リゼンだ。こちらは無事出発した。ただ、少し面倒な者が同行することになった……」

『《ん〜、わるいひとなんです？》』

「いや……王の妹だ。性格が少し……合わなくてな……」

『《レヴィリア・カルヴィアですね。とつぎさきをせいあつして、もうひとじちはいらないって、もどされたってきいてますけど、ほんとです？》』

「……本当だ……」

改めて言われるととんでもないことだが、間違いなくレヴィリアは、嫁いだ王国の上層部を制圧していた。夫である王子も足蹴《あしげ》にして。嫁いだ建前としては、友好を示すための婚姻。だが、実際は人質交換だった。とはいえ、中身の釣り合いは取れていなかったのだ。

というのも、相手国の伯爵令嬢とレヴィリアが友人で、その伯爵令嬢にはこちらの貴族家に嫁ぎたい相手が居た。その恋を応援したいレヴィリアが、自分が人質として代わりに相手国に嫁ぐという風に、勝手に交渉してしまっていたのだ。もうここからして傍若無人《ぼうじゃくぶじん》振りが分かるだろう。

外交担当の侯爵家を味方にしていたとはいえ、王も頭を抱えた。差し出されたのが王妹では、相手国の王家も何も言えないというのを狙ったのだ。

レヴィリアが嫁いだ相手国の王子は、その伯爵令嬢を妻にしたかったらしい。卑怯な手も使うその王子を黙らせるためにも、自分が代わりに嫁ぐと言って、聞かなかったのだ。

完全にカルヴィア国で引き取った形になった伯爵令嬢は、今では子どもも生まれ、幸せに暮らしている。さすがに母国に帰れとはリゼンフィアも言えない。

そもそも、彼女が嫁いだのは、外交担当の侯爵家の息子だった。二国間で何か問題があっても彼女が無事でいられる体制を、レヴィリアは事前に考えていたらしい。

恐らく、最初からこの離婚劇は想定されていたのだろう。そこはさすがと言える。手回しの良さは褒めても良い。とはいえ、レヴィリアが暴れたその後の和平交渉はとてつもなく面倒で、リゼンフィアが今でも苦々しく思うものだった。

『《つよいひとがだいすきな、ひとですよね》』

「ああ……大丈夫だろうか……」

リゼンフィアが心配するのは当然だ。フィルズの強さはかなりのものだと知っている。よって、王妹がちょっかいを出しそうなのだ。

『《ごしゅじんさまは、あしらいかたがうまいので、だいじょうぶです》』

「……なら良いのだが……一応、伝えておいてくれ」

『《りょうかいです》』

「よろしく。では、また連絡する」

『《あいっ。あっ、こんやとまるよていのまちについたら、れんらくほしいです！　あるじさまからのでんごんで『迎えに行って欲しい人が居る』とのことですっ》』

「っ、迎えに行って、そのまま連れて行けばいいのか？」

フィルズからのお願いということで、頼られたことが嬉しいと、少し興奮気味だ。

『《あいっ。なんでも『じいちゃん』だそうですよ！　くーちゃんママのおとうさんですっ》』

「……は……？」

リゼンフィアの思考が停止する。しかし、ホワイトは構わなかった。

『《それでは、ごれんらくおまちしてま～す》』

「……え……？」

しばらくリゼンフィアは動きを止めたまま。心の準備というものさえ頭にはない。そんな事情を知る由もない一行は、今夜の宿のある町に問題なく進んで行った。

途中、休憩を取るのは、同道している護衛と馬車を引く馬のためだ。これは仕方がない。とはいえ、日頃から鍛えている護衛達だ。馬車に乗る者達が疲れないならば、休憩は最低限で良い。

普通の貴族の一行ならば、休憩を三回取るところを一回で良いという具合なので、一日でかなり進むことができた。お陰で夜の宿へも、日が完全に落ち切る前に、疲れた様子もなく入ることができた。色々と先王夫妻やレヴィリアも聞きたいことがありそうだったのだが、リゼンフィアはそれどころではない。

「では、ごゆっくりお休みください」

夕食も摂らず、リゼンフィアは先王夫妻達と別れ、宿に着く直前にホワイトから聞いた場所へクルシュと共に向かった。

「クーちゃんのお父さんかあ。どんな方なんだろうなあ」

「……クーちゃんと呼ぶな」

「はいはい」

周りに他人が居ない所では、クルシュはクラルスを気軽にクーちゃんと呼ぶのだが、リゼンフィアとしては複雑な心情らしい。注意することは忘れない。

「……『幻想の吟遊詩人』らしい」

「……ん？　何が？」

クルシュは理解が及ばなかったようだ。だから、リゼンフィアはきちんと言い換える。

「クラルスの父上が幻想の吟遊詩人、リーリルらしい……」

「……っ、はあ⁉　あ、あのっ、武神に守られてるっていう⁉」

「その武神は義母上《ははうえ》だ。さっき、フィルと合流したらしい」

「『らしい』って、さっきからそればっかりじゃないかっ。本当なのか⁉」

《本当ですが何か》

「うおっ⁉」

目的の場所の手前でクルシュの足下に唐突に現れたのは、隠密ウサギのリーダー格の一体だ。

「びっ、びっくりした……っ、本当にラフィットそっくりなのに喋るんだよな……」

《影No.24『第五部隊』隊長のフラットです。お待ちしておりました》

「……義父上《ちちうえ》は……」

《こちらです》

そこは、教会の中庭だった。月が主張し始める頃のその庭は、綺麗に整えられた草木が月の光に照らされ、とても幻想的な様相を見せている。そんな庭の中ほど。そこで、楽器を小さく鳴らして座り込んでいる美女が居た。

「っ……」

「っ……綺麗だ……」

思わず見惚れてしまうリゼンフィアとクルシュ。事前にその人が男だと聞いていても、女神かと目を疑う。艶《つや》やかな藍色の髪は長く、一つに束ねられて結われていても、サラサラと肩口から胸元へ流れていく。シャープな顔立ちに、きめ細かい真っ白な肌。薄く色づく唇は小さく、伏し目がちにされた目は、長いまつ毛が影を落とす。整った鼻梁《びりょう》に、薄く細い眉毛。肩に立て掛けて鳴らす竪琴《たてごと》。それを爪弾《つまび》く指は長く美しく、爪の先まで整っていた。服装は様々な薄い布を重ねたようなもので、ドレスを着ているようにも見える。

曲が終わったのだろう。ゆっくりと手を止め、顔を上げたその人と目が合った。

「っ……」

まるで夢から覚めたような、そんな微睡んでいるようにも見える表情で、リゼンフィアとクルシュを見るリーリル。その表情はとても色っぽくもあった。そして、何度か目を瞬かせたリーリルは、覚醒《かくせい》したように目を丸くして立ち上がる。

「あっ、ごめんね。気付かなくて。君がリゼンフィア？　クラルスの旦那さん？」

「っ、は、はいっ。ご挨拶が遅れて申し訳ありませんっ」

リゼンフィアは、今更ながらに義父だということを実感する。だが、その義父は絶世の美女と言っても過言ではない姿だ。とても混乱していた。

「ふふっ。いいんだよ。本当はこっそり会いに行くつもりだったんだけど、失敗しちゃった」

「っ……」

笑った顔がクラルスに少し似ていた。断然、リーリルの方が綺麗で可愛らしく見えたという感想は、速攻でリゼンフィアの胸の奥底に閉じ込めた。

「そこの、お喋りできる不思議なラフィットに助けてもらったんだけど、本当に付いて行っていいの？　お仕事の邪魔にならない？」

「っ、いいえ！　ご一緒できれば、こちらも安心できます。どうぞ、いらしてくださいっ」

「ふふっ。ありがとう。本当は、少し困っていたんだ……ファリマスとはそろそろ落ち合えるはずだったんだけど、色々と間違えちゃって……多分彼女も迷ってると思うんだ……連絡は取れてるってそのラフィットは言っていたけれど……」

本当かなと不安そうに首を傾げて見せるリーリル。とっても儚げで可愛らしい。

リゼンフィアは、何度もこれは義父だということを自分に言い聞かせる。完全に見惚れていて言葉も出ないクルシュのことは気にしない。気をしっかり持たなければ、と背筋を伸ばして答えた。

「はいっ。先ほど、息子と合流したという連絡がありました！　そのままこちらへ向かって来ているので、明日の昼頃には落ち合えると思われます！」

「っ、良かったっ。じゃあ、同行させてください」

「もちろんです！　それと、今夜は宿ではありませんが、馬車の中に泊まってください。その辺の安宿よりも快適に過ごしていただけると思います。鍵も内側から掛けられますし、このラフィットを護衛としてお連れください」

「そんな……いいの？　今夜はここで寝ようと思っていたのだけれど……」

「……おやめください」

教会の敷地内は、マナーさえ守れば野営しても構わないということになっている。吟遊詩人は特に、ここをよく利用している。安宿に泊まるよりも安全なのだ。神官や教会所属の騎士も巡回してくれる。さすがに神様の膝下《ひざもと》で悪いことをしようとする人も居ないため、流民は宿よりも、ここを使うというわけだ。

「そう？　ここ、とっても安全なんだよ？」

「……分かります……分かりますが、どうかお願いします」

リゼンフィアはここがどれほど安全かよく理解できた。この姿のリーリルが安心して眠れるのだ。それが何よりの証拠だろう。それが分かっていても、リーリルをこのままここで寝かせるわけにはいかない。安全だと分かっていても、他の人に見せて良いかというのは別だ。

「そうなの？　分かった。じゃあ、お願いするよ」

「もちろんです！」

リゼンフィアは馬車へ案内する。自分は宿に泊まることになっているので、一人でゆっくりしてもらえるだろう。扱いが父親へのものではなく、確実に女性へのものになっているという自覚は誤魔化していた。

そうして翌日、リーリルを一行に加えたリゼンフィア達は、予定通り昼頃にフィルズ達と合流できるよう進んだ。しかしその直前で、フィルズが狙っていた盗賊達が襲って来たのだ。

ミッション⑤　復讐者達の発見

フィルズは今回の盗賊退治に向かうと決めてすぐに、隣国にまで来ていたはずの祖父母の居場所を探した。この国は辺境伯領側だけでなく、多くの国と国境を接している。隣国とはいえ、どの方向から来るのかを特定するのは、少し骨が折れた。

だが、どうせ出掛けるのだから調べて損はない。もし近くに来ていたら迎えに行こう。そう気楽に考えていたから、フィルズが討伐しようと決めたその盗賊と祖父母に、関係があると知って驚いた。

「ばあちゃん達は、そいつらを説得しようと思って追いかけて来たってこと？」

家族経営だった盗賊を全部引き渡し、再び馬車を走らせて数時間が経った。後一時間以内には、祖父リーリルと合流したリゼンフィアの馬車と落ち合えるだろうという頃だ。

フィルズは昼食の準備を始めていた。カウンター越しに祖母ファリマスが座り、リーリルを探すことになった経緯を聞くことになった。

「私とリルは情報のルートが別でね。だから、情報を集めがてら、別ルートで移動してたんだ」

「待ち合わせ場所とか決めて？」

「いや？」

「ん？　別ルートなら、最終地点決めて行動するだろ？」

「いや？」

「……待ち合わせの場所に居なかったから探してた、とかじゃないのか？」

お互いに首を傾げ合う。因みに、今日の昼食は先王夫妻との合流も想定して、滋養《じよう》に良いとされる狸、ラクンエルの挽肉を少し混ぜた豆腐《とうふ》ハンバーグだ。豆腐はゼセラとフーマが好きで作っていたらしく、海が近場にないために手に入らなかった、にがりも分けてもらい、自家製のものが出来ていた。

同じように味噌《みそ》と醤油《しょうゆ》も、賢者が居た頃からゼセラとフーマは作り続けており、分けてもらったところ、フィルズが大喜びしたのを知った恵みの女神マルトが、賢者の書いた『調味料の全て』という研究書を持って来てくれた。これにより、体に優しいメニューが作りやすくなった。

現在はゼセラの持っていた栄養学の本を読みながら、老人にも食べやすいメニューを考案中だ。

それはともかく、ファリマスの話に戻す。

「あの盗賊達に、じいちゃんが攫われたと思ったから、あそこに居たんだろ？　待ち合わせた所に居なかったからとかじゃないのか？」

「ああ……いや。毎回、何となく出会えるから、待ち合わせ場所なんて決めたことがないんだよ。そういえばそうだね……決めておけば良かったねえ。ははは」

「……え～……」

今思い付いたと言うように頷くファリマスに、フィルズは片頬を痙攣《けいれん》させながらも、乾いた笑みを浮かべた。

「そうだよねえ。いやあ、リルはこう……印象に残る美人だから、すぐに噂になるんだよ。だから、居場所は分かりやすいんだ。ただ、そのお陰でろくでもない奴らにも居場所が知れちまうんだけどね」

ファリマスは、カウンターに頬杖をついて、フィルズが焼き出したハンバーグの様子を覗き込み、その匂いをゆっくりと吸い込みながら能天気に続ける。

「毎回、そういう奴らより先に合流するのが大変でねえ。リーリルは、隠れるってことを知らないから。夜はたいてい、どっかの教会の中庭に居るし。まあ、私が迎えに来るのを待ってるからなんだけどねっ」

「惚気《のろけ》かな……」

どう聞いても惚気だろう。

「……ずっと一緒に行動すればいいのに……」

そうすれば、いつでも守れるし、近付いて来る変な奴らもすぐに追い払えるだろう。

「いやあ、何かを伝えたい子や伝えたいことは、違ったりするからね。リルは吟遊詩人だ。言葉や音で伝える。伝えられることも、行動や舞で伝える私とは違うからさ」

「……ふ～ん」

そういうものかとフィルズは納得して見せた。

「けど、あの子らはもう完全に盗賊って認定されちまったんだねえ……」

ファリマスは、寂しそうに、悔しそうに顔を少し顰めた。

「そいつら、アレだろ？　反乱軍の成り損ない」

「っ、成り損ないってっ、まあ、確かにそうかもねえ。戦争は回避できたとはいえ、苦しいことに変わりはないから……出ていくしかなかったのさ……苛立ちとか、行き場がない色々なもんが、どうにもできなかったんだろうね……」

今回フィルズが捕らえようとしている大本命の盗賊達は、かつて王妹レヴィリアが嫁いだ隣国からの亡命者だった。

当時隣国は、生活するのにもカツカツだった彼らを無理に徴兵し、この国と戦争をしようとしていた。勝てば確かに、奪えただろう。だが、男手を徴収される民達の家族は、その日の食事さえ既にままならなくなっていた。

戦って、本当に勝てるのか。そうして、奪った物が行き渡るまでどれだけかかるのか。先のことではなく、彼らにとっては、今を何とかしたかった。

「しょせん、王侯貴族にとっては、民達の暮らしなんて報告にも上がらないものだ。机上の空論で戦争もやったら勝てると思ってる。その利益しか頭にない」

「まあ、勝算がなけりゃ、戦争なんて起こさんよな」

利益があると思うから、人は挑戦したがる。成功を期待するのが人だ。どれだけ愚かな行為でも、結果として賞賛される何かを得られるならば手を出す。

「上だけで勝手にやるならいいんだけどねえ。駒遊びが上手いからって勝った気になって、民達を駒として使って、切り捨てる。戦術だって言ってね……そこに、人の人生があるなんて考えないんだ。迷惑な話さ」

戦うのは民達だ。仕掛けた上の者達は戦場には出ない。安全な所から、指示を出すだけ。

「あの子らは、戦争に行って死ぬんなら、戦争をやろうとしてる王侯貴族をボコって死ぬ方がいいって考えたんだろうね」

「確かに、その方が合理的かもなっ。その考え方は嫌いじゃねえ」

「私もさ」

うんうんと頷き合う。こういうところが、似ているのだろう。

「けど、そこまで追い詰められてたんだな……それなのに、直前で戦争の話はなくなったから、行き場がなくなったってことか……戦争やるぞって言ってた奴らはほぼ、責任とって世代交代もしたし？」

「ああ。さすがに、自分達より年下の子どもとかを手にかけたくはないだろ。それに、死ぬ気でいただろうからね。生き残るなんて夢にも思わないで……今更、元の生活に戻ることもできないさ」

「一度捨てるって思った生き方に戻るのって、言うほど簡単じゃねえよな……」

彼らが反乱軍を結成した矢先、レヴィリアが隣国の上層部を一掃し、戦争の芽を摘んでしまったのだ。

辞めますと宣言して用意までしていたのに、辞める理由がなくなったのでやっぱり辞めません、なんて言い辛い。平和な日本の職場であってもそうなのだから、二度と戻れないという覚悟で身辺を整理し終えていたなら、引っ込みは付かないだろう。

「自分達が民達の……みんなの代表だって、胸張って出て行ったみたいだからね」

「うわっ、それは無理だわ……ってか、すげえ気の毒になって来た……」

「あははっ。いやいや、もう盗賊ってことになっちまったんだ。引けないよ。せめて……これ以上、罪を重ねさせないようにしないとね……」

説得できないなら、せめて罪が軽い内に捕まえたいとファリマスは考えていたようだ。

「けど、盗賊は盗賊って括られちまうぜ？　いくら義賊だとかって自称して襲う相手を選んでても、やってることは同じだからさ」

「そうなんだよねえ……減刑してもらえるように口添えしようにも、この国で私らの伝手が使えそうなのは、もう隠居して屋敷から出て来ないのばっかりだからさあ……」

「あ〜、伝手かっ」

それがあったとフィルズは笑いながらフライパンを振る。豆腐ハンバーグがひっくり返り、美味しそうな焦げ目が見える。その満足感も相まって、軽やかな口調でファリマスに告げた。

「そういや、俺らがどこに向かってて誰と会うか言ってなかったなっ」

「ん？　盗賊退治じゃないのかい？」

「それもあるけど、その盗賊に襲われそうなのを迎えに来たんだよ♪」

「襲われそうなの……？」

ファリマスには説明していなかったのだ。冒険者も乗っており、盗賊退治でリュブラン達に対人戦を教えたいというのも話していたが、そこでついでに人を迎えに行くという話はしていなかった。

「そうそう。その戦争をやめさせた王妹にも会えるぜっ。先王とか前王妃とか知り合いじゃないか？」

「ん？　前王妃のカティとはよく城を抜け出して遊んだ仲だけど……え？　もしかして……」

「そりゃ良かったっ。会えるぜっ。伝手って大事だよなっ。よしっ、出来た！　ばあちゃん、味見するか？」

「え、あ、ああ……」

焼けた豆腐ハンバーグを大皿に移し、そこから小さめのをまた小皿に移す。醤油の餡《あんか》掛けソースを少し付けて、小さいデザート用に使うフォークと共にファリマスに差し出した。

頭の整理が付かないまま差し出されたそれを思わず一口食べたファリマスは、目を輝かせた。

「っ、美味いっ。それにふわっとしてるよっ。いくらでも食べられそうだっ」

「よしよし。そんなら量産するかっ」

「手伝うよ。丸めて焼くだけだよね？」

「うん。いいのか？」

「なんか色々余計なこと考えちまいそうでね。何かやってる方がいいよ。任せておくれ。屋台をやったこともあるからね。料理は好きなんだ」

「おっ。じゃあよろしく！」

「はいよっ」

問題は先送りだが、あとは、彼らを生け捕りにできれば何とかなりそうだと結論を出し、二人で料理を楽しむことにする。そうして、昼食の用意を着々と進め、予定していた一時間後、盗賊に囲まれるリゼンフィア達の馬車を見つけたのだ。

◆◆◆

『生きるためには仕方がない』

それは何をしても許されると思い込むことができる言葉。罪悪感を軽減させる魔法の言葉だと誰かが言っていた。教会の神官達も『生きることを諦めてはならない』と教える。ならば仕方がないだろう。奪わなければ生きていけないのだ。それが、盗賊とやっていることが同じだと言われても仕方がない。

「貴族は俺達から常に奪っているんだ。なら、奪い返してもいいはずだ」

そう思えば、また少し罪悪感が消えた。

「この貴族を襲って、反省させれば、他の搾取されている人達が楽になるかもしれん」

そんなことを聞けば、寧ろ良いことをしている気になった。国を出て来たのは、今更戻れる居場所がなくなったというのもあるが、自分達の行いに正義を見出したからだ。自分達を振り回した者。その人に訴えるために住み慣れた場所を捨てて来た。

「勝手に暴れて、全部解決したような顔をして帰って行った王太子妃……あんな勝手な奴が王の妹……ロクな国じゃねえよな」

「頭すげ替えただけで、いいことしたって顔してたわ。私達のことなんて、全然気にしてない……っ、高飛車で嫌味な世間知らずな姫だって本当よね」

「あんな奴が上に居るんだ。騒動を起こしてんのに、何か処分したとかいう話も聞かない……ああいう勝手な貴族ばっかりなんだろうさ」

彼らはそう思ってこの国へとやって来た。王妹であるレヴィリアの処分が公になっていなくても、さすがに他国で問題を起こして出戻って来た姫が、王都に居るとは思わない。

地方で蟄居《ちっきょ》となっていても、民達の方にまで噂が流れて来るほど傍若無人な姫ならば、国に戻っても反省もせずに好き勝手出歩いているだろうと思った。

「俺らのことなんて、何一つとして知ろうとしないんだ……だからあんな勝手ができるっ」

「こっちは必死に働いて生きてるのに、振り回すだけ振り回してっ……何でそんな勝手が許されるのよっ」

「貴族がっ、王族がっ、そこに生まれたからって、何でっ……っ」

彼らにとって、当時王太子妃であったレヴィリアの行いは、許せるものではなかった。もちろん、これまでも不満に思うことは多々あったが、レヴィリアの行動は民達にも伝わるほど派手なもので、目立つものだったのだ。

とはいえ、これはレヴィリアのことを良く思っていなかった周りの貴族達によって広められたものが大半だ。他の貴族令嬢や夫人達も同じことをしていたりする。全部レヴィリアが悪いというわけでもない。レヴィリア自身、良いことも悪いこともどうしても目立ってしまう存在だった。だから、たまたま特別目に付いただけのこと。

けれど、彼らにとってはそれが全てだった。爆発したその気持ちの全てがレヴィリアに向いていた。これまでの全部を投げ出してまで、どうにかしてこの不満をぶつけようと他国に来てしまうほどに、許せなかったのだ。

同情してくれた行商人に、国境越えを手伝ってもらった。さすがに王都近くだと騎士もすぐに動く。だから活動する場所は王都からほどよく離れているが、国の中央寄りの辺りを選んだ。その方が魔獣も少ないという利点もある。

それは、冒険者も少ないということになり、そうなると、盗賊の討伐依頼も出にくい。逃げ切るための用意は万全にした。

一人でも捕まれば、他もただでは済まない。範囲は狭いが、一所《ひとところ》には留まらず、移動し続ける。

襲うのは、貴族だけと決めていた。魔獣や魔物が少ないため、護衛も少しばかり手薄になるのだ。彼らの位置取りは、結果的にとても適したものだった。

そして、あわよくばレヴィリアを手にかけようと思っていた。

「今度こそは居ると思ったんだけどな」

「絶対にっ、あの女に思い知らせてやるんだからっ」

総勢で百余人。しかし、反乱軍の結成当初、仲間は五百人ほど居た。他の者達はもう完全に心が折れてしまっており、付いて来るだけの体力もなかった。

五百人。だが、全員が戦えたかと言えばそうではない。だから、仮に全員で国に立ち向かったとしても、意味があるものになったかどうかは分からない。

ここまで付いて来た者の中には、女も居る。子どももだ。あのまま国に居ても食べていけないのは分かり切っていた。既に十分に食べられなかったのだ。だから、まだ気力の残っている者で集まり、家族ごとこの国にやって来た。

これにより、彼らと、フィルズ達が捕まえた家族経営の盗賊達とを、ファリマスは間違えたのだ。リーリルも実は間違えて近付いたことがあり、それもファリマスが間違える原因になっていたというわけだ。

「おいっ。騎士が護衛している馬車が来る。貴族の馬車だっ」

見張りの者が駆け込んで来る。

「かなり護衛が多くないか？」

遠目でそれを確認した者が眉を顰める。そこに、また駆け込んで来る仲間が居た。近くの町に潜伏していた者だった。

「っ、あの女だ！　あの女が乗ってるっ！　あの馬車に乗るのを見たっ」

「っ、やっとかっ……」

待ち焦がれていたレヴィリアの存在を確認し、大人達は怒り立つ。

「よしっ、やるぞ！」

「「「「おうっ」」」」

彼らももう、この辺りで区切りを付けたいのだ。ここまで来たからには、何かを残さなくてはならない。何かを変えなくてはならないと意地を張っていた。貴族を襲って奪っても、食べていけないのだ。

彼らはまだ、奪ったお金を何気なく使えるほど図太くはなれなかった。それも、貴族が持っているお金だ。金貨、大銀貨といった大きな額のものが多い。それを見窄《みすぼ》らしい見た目になっている自分達が使うこと。その勇気がなかった。

だから、変わらず腹は減ったまま。子ども達も寒々しい姿のまま。口数も少なくなっている。もうやめたいのだ。このままでいられるとは彼らも思ってはいなかった。

「これで最後ね……」

「ああ……」

自分達の行動で、何かが変われば良い。それだけを願って、馬車の前に飛び出した。彼らにとって幸いだったのは、願った通り、本当にこれが最後となったことだろう。

◆　◆　◆

ファリマスが昼食作りに参加する頃。ヴィランズはリュブランとマグナと共に、先頭車にある二階の見張り台へ登っていた。

「っ〜、なんかめっちゃいい匂いしてんだけどっ」

「本当ですねえ。昨日のラクンエルのお肉かな？」

「香ばしい感じでいいですよね」

換気口から匂って来るハンバーグの焼ける匂いもあり、緊張感は全くない。

「は～あ。やっぱフィルに付いて来て正解だったぜっ」

「……ヴィランズさん……料理目当てだったんですか……」

リュブランが困った人だなという目をヴィランズへ向ける。最近、こうした視線を多く向けられているのだが、ヴィランズに自覚はないだろう。

「いやいやっ。まあ～、半分とちょっとくらいは？」

「半分よりは多いと。正直ですね」

リュブランが呆れ半分で笑うと、マグナが同意していた。

「でも、その気持ちも分かります。フィルさん、栄養学っていうのを勉強してるらしくて、運動量とかでメニューも考えてるんですって。家でのものとは、少し味付けも変えるんだそうですよ」

「へぇ。メシ作るのにそんな小難しいことを……すげえなフィル」

ただ食事を作るだけなのに、そんなに頭を使っているのかと、ヴィランズは感心していた。

「フィル君は、何でもすごいですよ。年下だって、ついつい忘れるんですよね」

「あ～、それはしゃあねえな。物心ついた頃から、あいつは完全に一人で生きていくって覚悟持ってたみたいだし」

「え？　クーちゃんママが居るのに？」

「一人で……？」

リュブランとマグナは、リゼンフィアが会いに来なかったというのは知っている。だが、いつも明るく元気で、親の愛情というものを知らないリュブラン達にもはっきり感じられるほど愛情いっぱいに接してくれるクラルスが、フィルズとも会うことなく閉じこもっていたことを知らない。

「クーちゃんがああして出歩くようになったのはここ最近だ。まだ微妙に一年経ってねえな。それまで、第一夫人に抑圧されて部屋に籠ってたんだ。やっぱ、どうしても第二夫人以降ってのは、肩身が狭いんかねえ」

「……そっか……クーちゃんママ、第二夫人でしたね……」

「そういうものなんですね……」

第二夫人には独特の雰囲気がある。鬱々《うつうつ》とした暗いものだ。だが、リュブランはクラルスからそれを感じたことはなかった。貴族の夫人というより、下町で人気のお姉さんという感じで、息子が居るようにも見えない時がある。

ヴィランズが、ピンと来ていないマグナの反応を見ていて気付いた。

「そういや、マグナんとこは、第一夫人だけだったな」

「あ、はい。夫婦仲は良かった……んだと思います。けど、お互いに外に愛人は居たみたいですけど」

リュブランがそういえばと思い出す。

「フィル君が、夫婦で考え方が同じで相性ぴったり過ぎな似た者夫婦は幸せだけど、価値観が一緒だと疑問とか発見とかがないから、人としての成長や変化がなくなるって言ってたよ。それと、周りと合わない人同士が夫婦になると、迷惑行動が倍増するって」

「あ～、うちの両親は正にそれですね。迷惑というか、酷いことをしても、肯定し合うので止まらないんですよ。弟もそれでいいと思っていたので……つくづく、おかしいって気付けて良かったです……」

マグナも一歩間違えれば、その価値観に染まっていた。そう考えると恐ろしいと今は思っているようだ。

「そういえば、弟さんは？」

「ハザレイド領の大修道院です」

「ああ……国内の犯罪者の子どもや軽微な罪を犯した者が引き取られるって所だな。この国の大修道院は怖いマザーが居るって有名だ」

フィルズがここに居たならば『ああ、更生施設か』と言っただろう。

「そうなんですか？　ちょっと会ってみたいですね。母上もいずれそこに行くって聞きました。あっ、今朝引き渡した子ども達もそこに行くんですか？」

「そうなるな。そこで、子どもらは成人までに一人で生きて行けるように働き方とかを教えてもらうらしい」

「「へえ。なるほど」」

それならば安心だなと頷き合う。そして、リュブランは何か思い出したようだ。

「ハザレイド領って、王領ですよね。隠居した当主とかが移住したりするから貴族の別荘が多くって綺麗な所だって聞きますけど、ヴィランズさんは行ったことあります？」

リュブランは第三王子として王宮に居た時、そこから外に出ることはほぼなかった。けれど、貴族達の話を盗み聞きする中で、そこが療養にも良い場所だというのは知っていた。

「何度か先王の護衛でな。あの頃はまだ若かったし、体力で選ばれたみたいなところあったな。ちょい王都からは遠いし。避暑地としての貴族の別荘が多くて。あれは、毎年大移動でなあ。ファスター王が王位に就いてからは、それもなくなったが……」

王の引き継ぎは時間をかけて行われる。多くのものを引き継ぐので、年単位でゆっくりとだ。しかし、ファスター王の時は、引き継ぎを始めてしばらくすると、先王が体調を崩しがちになり、慌ただしくそれが行われた。その間にも隣国との小競り合いがある。

多忙を極めたファスター王が避暑地に行けるはずもなく、先王夫妻も長旅に不安があった。よって、その別荘に行く機会がなくなっていたのだ。

「第二王妃のこともあって、王宮も落ち着かなかったからな。あの避暑地には第一王妃くらいしかここ数年は行ってないんじゃないか？」

「そうだったんですね……母上が行きたがっていたんです。多分、第一王妃に張り合っていたんですね……」

第一王妃と自分の待遇を比べて、リュブランの母である第三王妃は、いつもイライラしていた。特別な別荘であるそこにいつか王と行くのだと言っていたこともある。第三王妃は、犯罪者ではないが、問題を起こした者として、現在は公爵領の神殿長に預けられている。

だが、いよいよ手に負えないとなれば、大修道院とはいえ、念願のハザレイド領に行くことになる。皮肉なものだ。

「ありそうだな。けど、第一王妃はあれだ……自分の息子だけは連れて行っていたが、絶対に第二王子と王女は連れて行かなかった。それがなんか、いやらしいな～って思ってたんだよ。こう……違いを見せつけるみたいなところ、あの女はあるからな」

「……知りませんでした……」

第一王妃は周りの評判も良く、優しく凛とした姿勢が、他国の王妃達よりも高評価を得ている。見た目からは、決して後ろ暗いところがないと思えるものだ。第二王妃の子ども達を、自分の子のように親身になって育てたというのも評価されている。

だが、避暑地に行く時は、わざと第二王子と王女に気を遣わせ、第一王子と二人の時間を作れるように仕向けていたらしい。こうして周りには自分に非がないように見せていたのだ。だから、まさか第二王妃を害したのが、その第一王妃だなどとは普通思えないだろう。

しかし、多くの者が騙された中、ヴィランズの評価は違った。

「あれは腹黒いぞ。リュブラン、お前、目立たなくて良かったな。フィルが言ってたが、お前が今みたく生き生きと色んなことやれるって知られてたら、消されてたかもしれんってさ。俺もそう思った」

「……それ……殺されてたかもしれないってことですか？」

「おう。だいたい、お前達が出くわしたオーガの群れも、あそこまで引っ張って来たのはあの女の策かもしれん」

「え……」

第一王妃は確実にリュブランを消そうとしていた。これは、フィルズが長いこと隠密ウサギ達を国内に放って調べ上げたことで、今のところその可能性が極めて高かった。

「フィルは、確信が持てるまでお前に言うなって言ってたが……お前も強くなったしな。無茶もしねえだろ？」

「っ、はい」

「だから教えとく。ただ、確実な証拠があったとしても、処分を下すのは難しいらしい。王妃って立場の仕事ってのがあるからな……第三王妃も問題があって戻せんし、第二王妃はもう居ない……で、次点でその役割ができるのは、公爵第一夫人なんだが……」

「それって……」

「セルジュ君のお母さん……」

リュブランとマグナが顔を見合わせながら答えを口にする。二人して顔を顰めてしまうのは、彼女にも問題があると分かっているから。

「そうなんだよ……この国の公爵家はエントラール家だけだからな……」

「正そうにも問題が多いと……」

「な。聞いてて俺、頭痛くなったもんよ。フィルも面倒臭《くせ》えとか言ってた」

「もしかして、フィル君。代わりになりそうな人とか探してたり？」

「おう。なんか、一番いいのは、今からでも新しく王妃を迎えることだからって、国内の貴族令嬢や未亡人の素行調査するかって言ってたぞ。まあ、既に二日に一回は『この国の女、ロクなのがいねえっ』って頭抱えてるけど」

「……フィル君……」

「ついでに俺の嫁も見繕《みつくろ》うとか言ってたんだよな……」

「フィル君っ……」

大変なことをしているということが分かり、リュブランとマグナはフィルズに同情した。

リュブランは特に複雑な心境だ。父親の新しい妻を自分より年下のフィルズに探させているのだから。

「もっとフィル君の役に立てるように頑張ります」

「私もっ」

「そうだな。そうしよう。ん？　あれは……っ、間違いねえっ。公爵の馬車だ！」

そこでリゼンフィアの馬車が目に入ったのだ。

フィルズは、見張り台から駆け降りて来たヴィランズの声に、料理の手を止める。

「公爵の馬車だっ。囲まれてるぞっ」

「ようやくか。ペルタ。場所は予定通りか？」

壁に張り付いている運転席と繋がる受話器ボタンを押して、確認する。イヤフィスではなく、こちらで連絡したのは、相互の声が他の者にも聞こえるようにするためだ。

『《ほぼピッタリだご主人。ベルとルぺもあと二分以内で到着する》』

ベルとルぺとは、二体のシロクマのことだ。名付けたのはペルタだ。この二体が来るということは、隠密ウサギ部隊も到着するということ。戦力としては過剰になるだろう。負けることはあり得ないと確信できる。

「よし。車を停めろ」

『《あいよ。チビ達は出すか？》』

このチビ達とは、子ペンギン達のこと。

「ああ。リュブランとマグナを補佐してやってくれ。リュブラン、マグナっ、これから戦う奴らはなるべく生け捕りにする。加減に気を付けろ。昨日の奴らと違って、やりたくて盗賊やってるわけじゃないみたいなんでな。後で、一応はアレを発動させる」

「え、あ、あの印だね。分かった」

アレというのは、罪を示す印のことだ。マグナも、うんと頷く。

「分かりました。気を付けます」

「頼んだ。おっちゃん達も頼む。あれだ。稽古付けてやるくらいの力が丁度いいはずだ」

「「「「了解」」」」

フィルズがこれまでに集めた情報では、冒険者達の方が圧倒的に力量が上だ。捕まえるならばそれくらいの力加減で良いだろう。

「ペルタは、また籠車出しといてくれ。そんで、制圧した奴から放り込め」

『《了解した》』

どのみち捕まえたら運ぶ必要があるのだ。戦闘不能になった者からぶち込んでいってもらう。

「俺の予想通りなら、保護するためにも籠車に入れた方がいい……ヴィランズ達も、余裕があれば籠車に放り込んでいってくれ」

「何かあるのか？」

ヴィランズはフィルズの不安げな表情に気付いたらしい。フィルズは眉根をキツく寄せながら告げる。

「奴らの国境越えを手伝った行商人が怪しいんだ……変な物を受け取ってる可能性がある」

「変な物ってのは？」

「……例えば……魔寄せ」

「っ……やべえじゃんかっ」

「ああ……」

行商人の足跡は追えなかったが、かなり怪しいというのは報告が上がっていた。教会の方でも調べているらしい。

「まだここなら大丈夫だ。魔獣や魔物も少ないからな」

「いや、それでもマズいだろ……」

「まあな……アレは、生態系を崩す……何とか使わせずに捕らえるぞ」
「了解だ」
全員が頷き、準備を済ませていく。
「おっちゃん達とヴィランズ、リュブランとマグナ、フレバーは先に行ってくれ」
「分かった！」
そうして、用意が出来た者から外に飛び出して行く。
「エン、ギン、ハナ、それとジュエル。お前達は上に居ろ」
《ワフっ？》
《クゥンっ》
《キュン？》
《クキュ!?》
何でだと返して来る。自分達も外で戦うつもりだったのだろう。彼らは、勇ましくも可愛らしい様子で、出るぞと身構えていたのだ。だが、フィルズがゴーサインを出さないので、外に飛び出すのを堪えていた。
「万が一、魔寄せが使われた場合、お前達自身どうなるか分からないだろ？　守護獣には効かないって言われているが、ビズが言うにはかなり臭いらしい」
《……ワフ……》
《クゥン……》

《キュン……？》
《クギュ……》
三つ子は臭いのは嫌だなと少し後退った。ジュエルは飛びながら小さな短い手で鼻を押さえていた。それは嫌という意味だ。上には換気扇があるため、風下になっていても臭いは届きにくい。それに、魔寄せの香は下の方に滞留する性質だ。体高の低いエン達を外に出すよりは良い。
「丁度いいから、遠距離からの攻撃を練習したらいい。上から狙って飛ばすんだ。危ないのはこっちで調整してやる。けど、弱めにな。ビックリさせるくらいのやつだ」
《ワフっ！》
《クゥン！》
《キュンっ》
《クキュキュっ！》
それなら任せろということらしい。寧ろやってみたいと興奮気味だ。ここに、ファリマスも手を挙げた。
「私もその調整、手伝うよ」
「助かる」
ファリマスも手伝ってくれるならば、フィルズの方に余裕もできると頷く。
「じゃあ、先に行くよ。とりあえず捕まえないと話もできないからねえ」
そうして、ファリマスも飛び出して行った。

「リフタ。弓もいけたよな？」
「はい」
「なら、コイツらの監督を頼む。弓矢も使ってくれ。階段下の倉庫にある。すぐに頼む」
「お借りします」
「ああ。エン、ギン、ハナ、ジュエル。リフタールがダメと言ったらダメだからな」
《ワフっ！》
エンが代表で返事をしてくれたので大丈夫だと信じる。
「頼んだぞ。エン」
《ワフ！》
念を押しておけば安心だ。
「じゃあ頼む」
「お任せを」
《ワフワフっ》
《クゥン》
《キュンっ》
《クキュ〜》
リフタールを先頭にしてエン達が二階へと階段を上って行くのを見送り、フィルズも外に出る。
そこでは、既に戦闘が始まっていた。

フィルズが出て行くと魔導車の全ての扉が閉まる。管理はペルタがしており、ペルタの許可がなければ入ることはできない仕様だ。戦いの最中に、侵入され乗っ取られることを防ぐ安全対策の一つだった。

ざっと人数を確認しながら、フィルズは駆け出し、神判を可視化する。

「子ども達はさすがに別か。百も居ないな……【神判】！」

「っ、な、なんだ⁉」

「なんだこれ⁉」

「一体これは……」

盗賊達が驚くのは当然だろう。突然、触れることもできない『▼』マークが頭の上に現れるのだ。それもずっと付いて来る。マークが出ている者も、それを初めて見た者も動揺する。

だが、これが何なのかを知っているリュブラン達は、マークが見えたことで安心できた。

「あっ、良かった。あなた方は白っぽいですね」

「え？　何なんだ⁉　コレ⁉」

リュブランとマグナで相手にしていた者達は、白が強い。

「神様の付けた印みたいなものです。赤になり、それがより濃い者ほど、罪深い者ということらしいですよ」

「赤……っ！」

それを聞いて、誰もが赤を探した。そして、それは彼らの中に数人居た。ビクリと体を震わせて、その人達から誰もが距離を取る。

そんな中、反対にそれを目印にして、ヴィランズがいち早く駆けていた。狙う人数は三人だ。その三人に、ヴィランズは楽しそうに剣を向けた。

「はっ。百人近く居る中で三人だけとは大したもんだっ」

「っ、ちっ」

「くそっ、面倒な」

「いいさ。やっちまえっ」

「おうおう。やる気で結構！　かかってこいや！」

ヴィランズは義手を付けてからの実戦が未だに楽しくて堪らないらしい。真っ赤な印を頭上に付けた三人が相手だが、問題ないだろう。

一方、フィルズは他の連中を適当にあしらい気絶させながら、公爵の馬車に近付いて行く。そこで、外に出ようとしているリゼンフィアへ声を掛けた。

「公爵っ。御者も中に入れてやってくれ。結界装置を作動させて、鍵を掛ければ安全だ。終わるまで出て来るなよ！」

「っ、分かった。お前達、中に入りなさいっ」

フィルズが四級の冒険者であることは、リゼンフィアも既に知っている。これ以上嫌われたくないということもあり、言われた通りにするという選択肢しかリゼンフィアにはなかった。

セイスフィア商会の作った馬車二台。後続の馬車が一台。計三台の馬車。護衛の馬が十だ。それらを確認し、フィルズは近くに居た顔見知りの護衛騎士に声を掛ける。クルシュだ。

「一番後ろの馬車は、荷物か？」

彼は、一人気絶させながら答える。

「そうですっ」

「ならあの馬車に繋がれた馬だけは外してくれ。他の馬は馬車の結界内に入るから問題ない。お前らの乗って来た馬も集めるぞ」

「っ、ですが、この中ではそのままっ……」

馬が怯えて逃げてしまう可能性が高い。だが、ここにはそれをまとめられる者が居る。

「ビズっ。馬達を落ち着かせて、車の傍に集めてくれ」

《ヒヒィン！》

たった一声で護衛達が乗って来た馬達が従う。ビズの方へ向かい、魔導車の傍で落ち着いた。

「すごい……さすがは姐さんだ……」

「クルシュ！　早く！」

「っ、はいっ」

馬車の馬を解放するため、後方へ向かうクルシュ。そんな彼へ剣を向ける者達を、フィルズがあしらい、気絶させていく。そのまま邪魔にならないよう端に転がしておけば、ペルタと子ペンギンが折を見て引きずっていってくれるのだ。そして、フィルズはそのまま先王夫妻達が乗っているはずの馬車へ近付いた。

騎士がフィルズを見て道を開ける。その騎士がイヤフィスを着けているのを確認した。イヤフィスを配った際に直接フィルズが対応した者も多い。フィルズを味方として認識しているということは、この騎士もその一人なのかもしれない。

面倒な問答をしなくて良いのは楽でいい。だが、護衛が動くことで、今まで馬車の中に留めていたらしい女性が飛び出して来た。

「やっと出られたわっ。盗賊なんて私が蹴散らしてやるわよっ」

その人が王妹レヴィリアだというのがフィルズには分かった。そして、盗賊達の中にも気付いた者が居たらしい。

「っ、あいつだ‼　居たぞ！」

「「「「っ‼」」」」

殺気が一気に膨らむ。今まで躊躇《ためら》っていた者達も、目の色が変わっているのがフィルズには分かった。思わず舌打ちする。

「ちっ。おいっ！　馬車に戻れ！　あんたが出て来るとややこしくなるんだよ！」

「っ、なっ、なんて無礼な子どもなのっ。私を誰だとっ」

「知ってんだよっ。だから引っ込めって言ってんだっ。殺されたいのかっ」

「わたくしがやられるわけないでしょっ」

「ふざけんな‼」

「っ、なっ、なっ!!」

こんな風に怒鳴りつけられたことがないのだろう。苛立ちながらも言葉を詰まらせるレヴィリア。そこを逃さず、フィルズは告げる。

「てめえが出て来ることで、あいつらは犯さなくてもいい罪を犯すことになるんだよっ！　黙ってすっこんでろ！」

「っ、ひっ」

フィルズの怒気に、さすがの王妹も腰が引けていた。

「そこの騎士、あんたも中へ。そのバカ女を中に閉じ込めておいてくれ。俺にはそいつがただのメイドか侍女にしか見えん」

「承知しました！」

「っ、ちょっ!?」

王妹ではなく、その見た目の装い通り、メイドか侍女として扱ってくれと暗に伝えれば、騎士は了承の意を示した。その騎士へ更に指示を出す。

「中に入ったら、右側の壁にある赤い魔石に少しだけ魔力を流してくれ。それで【音声システム起動】と唱えろ。後は任せればいい」

「任せる……」

「やれば分かる。頼んだぞ」

「っ、了解しました！」

そうして騎士がレヴィリアを馬車に押し込むと、フィルズの言った通りにやれたようだ。すぐに結界が展開した。馬車自体にクマ達魔導人形と同じ、ＡＩのようなシステムを導入しているのだ。馬車に乗っている間、話し相手にもなる。

この馬車の一番の役目は、外の状況を読み取り、防衛システムを立ち上げ、結界を張ってくれることだ。これでこの馬車も問題ない。クルシュの方も、無事馬を解放したらしく、その馬もビズに呼ばれて魔導車の傍に行き、他の馬達と共に待機する。

ビズはフィルズが何を望んでいるのか正しく察したらしく、ハナへ指示し結界を張らせたようだ。馬達もそこが安全だと分かったらしく、とても落ち着いていた。

それらを確認し、フィルズは先ほどから打ち出されるようになった炎の球や氷の塊、明るい昼の光の中ではきらりと光る透明の羽のような物が地面に突き刺さるのを確かめる。

「意外と上手いじゃないか、あいつら」

エン、ギン、ハナの遠距離攻撃だ。狙いも良い。リフタールが上手く誘導してくれているようだ。そこに、シロクマの二体が街道端の森から飛び出して来た。その後ろには、箱のような車を引いており、中にはこの盗賊達の関係者であろう子ども達が入っているようだ。

隠密ウサギとシロクマ達が、手筈通り隠れていた子ども達を保護した、ということである。

ファリマスが子ども達を見て息を詰まらせる。

「っ、なんてことだ……っ」

チラリと見えた状態からしても、痩せ細り、明らかに覇気のない顔をしている。

「ペルタ！　子ども達を車に乗せてやれっ」

《了解だ！》

　とりあえずは安全な場所に置くことを優先する。状態を診るのは落ち着いてからだ。

「……っ、このっ、バカ共がっ！」

「ぐぅっ」

「ガっ！」

　ファリマスが向かって来る大人達を殴り飛ばす。最初から彼女は剣を抜かずにそうして気絶させていた。今までは加減をしていたようだが、子ども達の様子を見て、少しばかり力が入ったらしい。明らかに先ほどまでとは違い、飛距離が出ている。

「ばあちゃんっ。力入り過ぎだ。こいつら戦い慣れてねえんだから死ぬぞ」

「はっ……くっ、根性なし共がっ！　そんなんでよくも国をひっくり返そうと考えたねっ。この大バカ共がっ！」

「大バカになったか……」

　余計に腹を立てさせてしまったかもしれない。仕方ないので、フィルズは密かにファリマスが手にかけた者達をほんの少しだけ回復させておく。打ちどころが悪くて死にかけている者が多かった。

　フィルズもほぼ剣を使わない。上手く避けて体勢を崩させ、手刀で気絶させるか鳩尾《みぞおち》に一発食らわせている。

「ぐえっ」

「くっ」

「こいつら、本当に素人だな……問題なのはヴィランズが相手してる奴らだけか……」

他は、殴られたこともなさそうだというのが、フィルズが向き合ってみて感じたことだ。そんな中、盗賊側の女性達を確認する。彼女達は、一ヶ所に固まり、小石を抱えながら結界内に避難させた馬達を遠巻きに見ていた。それに、フィルズに近付いて来たフレバーが、困惑顔を見せる。

「あの女性達は一体……どうしますか？」

彼女達が一体何がしたいのか分からない。制圧しようにも、特に手を出して来ることもないし、逃げることもしないのだ。こちらの対応も困るだろう。気絶させた者達を引きずって来た冒険者の一人が見解を話す。

「あいつらは、馬を追い払う役だったんだろうな。けど、真っ先にフィル坊が避難させちまったから、何をどうすればいいのか迷ってんだ」

「馬を……なるほど」

それを聞いて、フレバーはそういうことかと感心する。

フィルズは意地悪げに笑って見せる。

「あの辺の奴ら、馬車の中の奴より、真っ先に御者の方に向かってたみたいだったからな。混乱に乗じて馬を馬車から外すのも、あの女達の役目だったんじゃねえ？　ざまあ見ろ」

「うわあ……マジでフィルは敵に回したくないわ……」

「あの顔っ。顔がいいから、あんな顔もイイと思うっ」

「黒い笑みってやつな。うん。イイ笑顔」

何か企んでいても怖いより可愛いになるのが、フィルズの親世代より上の者達の感想。そして、そこで女達が馬の方へ近付いていていく。

「ん？　あ～あ」

フィルズは黒い笑みを引っ込め、今度は呆れたような顔になる。それを見ていた冒険達が事態に気付いて慌てる。

「あっ、バカっ。ビズの姐さんが怒るぞっ」

「ああっ。お～い！　リフタの旦那っ。攻撃させんようにっ」

「してもも軽めにしてやってっ」

女達は、とにかく決まった自分達の役目を果たそうと、全員で固まって馬の方へ駆け出した。ビズが近くで目を光らせているというのにだ。更には、エン達が上から近付いて来る女達を狙っているとも知らない。不用意に近付く様子に、大分減った盗賊達を片手間で相手しながら同情した。

その上、あろうことか、女達はビズに石を投げた。

「あっ」

「「「「バカかっ」」」」

誰もが思った。終わったなと。


バチバチっ！

ビズは、エン達が下手に攻撃する前に、女達へ電撃を飛ばした。

「「「「っ、ひぁっ!!」」」」

随分と高い声が出たなと、呑気に思いながら、フィルズはペルタへと声を掛ける。

「お～い。ペルタ。女達もよろしく。ビズ～、手伝ってやってくれ」

《……ブルル……》

ビズとしては、加減はしたようだが、予想外に効き過ぎたと少しばかり反省しているらしい。彼女達に免疫《めんえき》がないものだから仕方がない。

「気にすんな、ビズ。引き続き、馬達を頼むぞ」

《ヒヒィン》

女達は、ビズが普通の馬と同じに見えていたのだろうか。他の馬よりも体高があるというのに不思議だ。

何はともあれ、これでほぼ制圧が終わった。残っているのは、ヴィランズとクルシュとで相手をしている赤い印を付けた三人と、そこそこ腕の立ちそうな元冒険者っぽい男二人だけだった。

ミッション⑥　現実を理解させよう

シロクマ達は、子ども達だけでなく、森の中に隠れていた者達も残らず連れて来ていた。隠密ウサギの指示の下、森を包囲するようにしてやって来ているため、見落としはないだろう。

そして、残るは五人だけ。ヴィランズはきちんと、リュブラン達では手に余る相手を引き受けてくれていた。こうしたところは信頼できる。何より、少しは手応えのある相手と向き合いたいとヴィランズも思っていたのだろう。そこに、公爵家の護衛をまとめる隊長のクルシュが加わった。

これも予想通りだ。

「さすが、クルシュも分かってるなぁ」

ヴィランズもクルシュも、フィルズが夜、屋敷の訓練場で剣を振っているとやって来て、手合わせをしたがる。リフタールが仲間に加わったことで刺激も受けた。そんな中、最近は二人とも、力を持て余しているような気がしていた。

「楽しそうだ」

この呟きを、傍に来たファリマスが拾い、同意する。

「本当だねえ。子どもみたいに笑っているじゃないか。それに、かなりいい腕だ」

二人とも、喜びを隠せていなかった。

「ヴィランズは元王国騎士団長だし、クルシュも、将来は公爵領の騎士団長になって言われてたらしいから、実力はかなりのものなんだよ」

「ほお。若い内から騎士団長を任せられるくらいってのは、相当だねえ」

感心したようにファリマスは二人を見つめる。そうこうしていれば、他は全て籠車に放り込めたようだ。

「アレは任せておいて……どうだった？　魔寄せの香は見つかったか？」

フィルズの足下に、隠密ウサギがやって来ていた。

《森の中で待機していた者が一つ所持していました》

「……一つ……どうやって持っていた？」

《こちらです》

「ボール……？」

それは、丸いボールの形状になっていた。黒いボールは、手に取ってみると硬めだ。

「なにで出来てるんだ？」

《草ではないかと》

「草……なるほど。この感じ……『もぐさ』か」

フーマとゼセラの薬学書にあった。お灸《きゅう》に使うもぐさに似ていた。このもぐさ自体は燃やしても影響はないだろう。重要なのは、包まれている中身だ。これならば、火をつけてから中にある香が燃えるまで、しばらく時間を稼げる。その場から離れる時間が確実に用意できるだろう。

「よくコレが魔寄せだって分かったな。どこかで使っていたか」

《はい。この辺りから魔獣を遠ざけるために、ここから十五分ほど奥に行った小川を越えた向こうで使っておりました。証拠映像も確保しております。すぐに水をかけ、埋めておきました》

魔寄せの香は一般的に燃やして使う物だ。燃え終わっても、近くにはその香の粒子《りゅうし》が舞う。よって、水を掛けるのが一番の対処法だ。

「完璧だ。けどそうか……どうりでこの辺、全く魔獣の気配がないはずだ……」

この辺りには小型の魔獣が多いと聞いている。これだけ人が集まっているから近付いて来ないというのもあるが、息を凝らして潜んでいる気配さえないのは異常だった。

「他に持っている奴が居ないか、調べてくれるか？」

《承知しました》

部隊の他の隠密ウサギ七匹ほどが既に籠車の付近に居たらしく、ピョンと籠車に取り付き、チェックを始めた。

「「「「ひいっ」」」」

黒いラフィットが突然現れて、籠車を囲むのだ。小さいとはいえ、魔獣ともほとんど戦ったことがなさそうな者達には、かなり怖いだろう。何人かはボールのようになった魔寄せの香を持っているようで、もしかしたら自分の持っている香がラフィットを呼び寄せたのではないかと気になり、しまった場所に手をやっている。そこを隠密ウサギは見逃さない。

ペルタもやって来て、籠車の中に入る。

「「「「っ!!」」」」

《おうおう。怖がってくれるじゃねえか。おい。お前ら、尻叩かれたくなけりゃ、隠してる物を出せ。それが良くない物だと分かってんだろ》

「「「「っ、ひっ」」」」

ペルタもクマ同様に戦える。よって、怯えて暴れようとする者も床に倒し、魔寄せの香を回収していく。全てペルタの斜めがけのマジックバッグに収納しているので、奪われることもないし、落として割れて、中から香が飛び出すような不意の事故も避けられる。

香の粒子は重いため、下の方に溜まりやすい。そのため、燃やして煙にし、高度を上げて広げるというわけだ。その香だけでも、風に舞えばそれだけで多少は効果が出てしまう。服に付くのも当然良くない。

そうしている内に、ヴィランズ達の方の決着もついたらしい。

「こんなもんかっ。いやあ、まあまあ骨があったぜ」

「いい運動になりましたよ」

クルシュも爽やかな笑顔だ。フィルズがそこに近付いていく。

「お疲れ。楽しめたみたいで良かったよ」

「おうよ」

「フィルズ坊ちゃん、敵を譲ってくれてありがとうございました」

「いいって。そんじゃあ、そいつらの持ち物検査をして、籠車に……」

その時だ。後続の馬車の扉が勢い良く開く。そこでは騎士が慌てていた。

「っ、お待ちくださいっ。まだ安全確保にはっ……」

「もう倒れているではないのっ。問題ないわっ。この愚か者共に、お説教しなくてはいけないのよっ。盗賊なんてこれほどおバカな生き方はないわっ。女や子どもも居たじゃないっ。女、子どもを巻き込むなんて最低よっ！」

怒涛《どとう》のように吐き捨てるのはレヴィリアだ。彼らが盗賊に落ちるしかなかった事情を知っているフィルズとファリマスは、眉根をこれでもかというほど寄せて不快感を表した。

しかし、ここで更に予想外のことが起きる。フィルズも気付くのが遅れた。

「あっ」

倒れていた男達が、黒いボールを腰の辺りから取り出して、レヴィリアに投げつけたのだ。

「俺らの恨みを思い知れ！」

「くたばれっ、クズ女っ」

「死んで詫びろ!!」

憎悪のこもった言葉と共に、それらはレヴィリアに向かった。

まさか、投げ付ける物があるなんて思わないし、彼女もそれが自分に向けられるとは思わなかったのだろう。だいたい、何かを投げつけられるなんて経験はないのが普通の王族だ。

「っ、きゃあっ」

五人ともが最後の足掻きというように投げ付けた丸い塊は、魔寄せの香の入った玉で間違いない。三つは馬車に当たり、割れて中の粉末になった香が舞う。そして、二つはレヴィリアの腹の辺りと顎の辺りに当たった。ぐっと握って砕いてから投げたのだろう。中の粉が彼女に付いた。

馬車に当たった三つの内二つは、火がついていたらしい。投げたのは、元冒険者であろう二人だ。初めから狙っていたのだろう。魔寄せの香の玉は、一つが落下した場所にあった石に当たり、コロコロと馬車の下に転がって煙を出している。

「ちっ、その女を外に出せっ。馬車の扉を閉めろ！」

この辺りに魔獣の気配がないとはいえ、匂いに敏感な魔獣は数十キロ先の匂いを嗅ぎ分ける。用心するに越したことはない。それに、馬車は煙に炙《あぶ》られているのと同じだ。匂いが染み付いてしまう。

「えっ、え？」

騎士がフィルズの指示に戸惑っていた。当然だろう。レヴィリアを外に出し、馬車の扉を閉めるなど、それは閉め出すということだ。騎士にはできなかった。

分かっていたが、フィルズは舌打ちせずにはいられない。

「ちっ。使えねえ……」

「えっ……」

駆け出したフィルズは、馬車の扉の所で立ち尽くすレヴィリアを抱えこむようにして馬車から下ろす。

「っ、な、何をっ、無礼もっ」

「黙ってここに立ってろ。ヴィランズ、クルシュ、そいつら一旦気絶させてうつ伏せにしろ。そうしたら、ばあちゃんの所まですぐに下がれ」

「お、おう……」

「分かりました……」

フィルズが意味もなく、こんな指示をするとは思えない。ヴィランズとクルシュはそれが分かっていた。不審に思いながらもきちんとその通りに動く。

「お前らも離れろ！」

「「「「分かりました！」」」」

「「「「はい……」」」」

他の公爵家の護衛は潔《いさぎよ》く返事をして駆け出す。自分達にはフィルズが何を考えてやろうとしてるのか分かりませんというように、全く考えずに返事をした。理解できなくとも指示通りに動くのは、フィルズを信頼しているからだ。そして、騎士達をさりげなく誘導していく。

困惑しているのはレヴィリアだ。

「ちょっ、ちょっと。あなた一体っ」

「黙れって言ったぞ。ハナ、結界！」

《キュン！》

言葉でだけでなく、意思でもハナにどうやってどこに結界を張るのかを伝えているため、正確にハナは、リゼンフィアの乗る前方の馬車とフィルズを、球形の結界で覆う。

御者達は、シロクマが保護しており、馬達の傍で落ち着いていた。他のこの場に居る者達もしっかりと離れていることを確認し、騎士が扉を閉めて不安そうにしている馬車へ目を向ける。

「絶対に開けるなよ」

「っ……」

騎士が頷いた。いよいよ、この状況に混乱するレヴィリアが口を開こうとするのを見て、フィルズが先に声を張り上げた。

「ギン！　水だ！」

《クォオォン！》

「え……っ！　きっ」

巨大な魔法陣が上空に展開され、そこから大量の水が降り注いだ。

頭から大量の水を被り、悲鳴さえ上げられずに水浸しになったレヴィリアは、全ての水が落ち切った時には、呆然として座り込んでいた。

侍女の姿であっても、時間をかけてセットしたであろう髪は無惨にほどけ、少し塗られていた化粧も全部流れ落ちている。座り込んでいる場所は、当然泥になっており、そんな場所に座り込んだことなどないだろう。あまりのことに、いつも流れるように出る文句も出て来ない。

一方、フィルズは満足げだ。ハナの結界によって、全く濡れていない。

「ギン、ハナ、よくやった」

《クゥンっ》

《キュンっ》

二匹をしっかり褒めておいた。結界が消え、馬車の下を確認すると、そこにあった香もどこかへ流されて行ったようだ。回収は隠密ウサギに頼んでおく。

気絶させられていた五人の男達は、うつ伏せになっていたことで溺れそうになり、こちらも飛び起きて呆然と泥だらけの状態で座り込んでいる。体力はしっかり削れたようだ。これで抵抗する気力も削げただろう。

普通では信じられない現象を目の当たりにしたのだ。頭の理解も追いついていない。それも、水は限りなく氷水に近い冷たい水だ。頭は冷えたはず。

レヴィリアも同じだろう。これでしばらく時間が稼げそうだ。

そんなところに、リゼンフィアが馬車から降りて来たのだった。

「フィル……これは……」

「気にすんな。ちょっと頭を冷やさせる必要があったんだ。丁度いい。あっちの馬車もしっかり洗えたはずだから、コレを先王夫妻と一緒に確認してくれ」

フィルズがマジックバッグから出したのは、紙の束だ。

「これは？　一体……っ……」

「今朝ようやくまとまったとこ」

それは、隣国に試験的に送った隠密ウサギからの報告をまとめたものだ。レヴィリアがやらかしたことで、今あの国がどうなっているのか。この男達が何者で、ここで何をしていたのかということも全部、しっかりとまとめられている。

「とりあえず、その辺の奴らが何をしたか、何をしたかったのかを知ってくれ。そんでコイツに説教を頼む」

「っ、分かった」

レヴィリアにキツめの一瞥《いちべつ》を送り、リゼンフィアは水浸しになった馬車へ向かう。それで気付いた。

「ああ、ちょい待て。エン！　温風な」

《ワフゥウン！》

舐めとるように温風が馬車を包むと、水が一気に蒸発して乾く。

「これでいい。じゃあよろしく」

「っ、ああ……」

驚きながらも、リゼンフィアは馬車の扉に手を掛ける。すると、鍵も解錠され扉が開く。リゼンフィアはこの馬車の持ち主として登録されているためだ。そして、中に入って行った。

レヴィリアは放置だ。そのまま、また扉が閉まる。

フィルズは、何をして欲しいのかを察して傍に来たシロクマ二体に指示を出す。

「汚れてて悪いが、この男どもを籠車へ入れてくれ」

《グフォ》

小さく了承と鳴いて、未だ呆然自失している男達を吊り上げて運んで行った。シロクマ達には、体に付いた汚れを落とす魔導具が内蔵されているため、汚れてもすぐに綺麗な真っ白でふわふわな毛並みに戻るので心配はない。フィルズも同じような魔導具を持っているので、先ほどレヴィリアを抱えた時に付いたかもしれない香も、すぐに取れるというわけだ。

残されたのはレヴィリアだが、フィルズはあえて声を掛けなかった。しかし、ここで、さすがに見ていられなかったのだろう。ヴィランズが近付いていく。かつて王国の騎士団長であった彼は、レヴィリアとも顔を合わせたことがあったため、放ってはおけなかったのだ。

フィルズが、あっと思った時には、ヴィランズが声を掛けていた。

「……大丈夫だろうか？」

「……へ……あ……はい……」

「こらっ、やめとけ」

思わずフィルズは、やっちゃったなという顔で後ろ頭を掻きながら注意する。

「いや、だが……このままだと病気に……」

「分かってるけど、お前は良くない」

「は？」

ヴィランズは意味が分からないというように振り返るが、既に手も差し出しており、遅かった。その手にレヴィリアがそっと手を重ねる。

「っ、なんて優しい方っ……あのっ、お名前は？」

「へ？　あ……ヴィランズ……です……」

「ヴィランズ様っ……」

キラキラした目を向け、冷えているはずなのに、頬を上気させているレヴィリア。

ヴィランズもこれはヤバいとようやく気付いたらしく、添えられた手を掴むことも躊躇い、腰が完全に引けていた。ゆっくりと顔をフィルズの方に向けて真顔で助けを求めた。

「フィ、フィル……っ」

「だから言ったろ。その女、性格からしてそういう扱いすると、面倒なことになるんだよ……」

こんな言葉も、レヴィリアは聞こえていないのだろう。ある意味都合は良い。

「しゃあねえなあ……」

フィルズは、レヴィリアに認識されていないのを良いことに、腕輪の常に付けている魔導具を発動させる。これは、髪と瞳の色を変える【色彩変換】と服装を変える【装備変換】の魔導具だ。一瞬で着替え、変身することができる。ここでついでに、服に付いたかもしれない魔寄せの香を同じ腕輪に付けた機能で取っておく。

そして、変えた先の姿は、茶色の髪と瞳。髪には白いリボンを付け、薄い黄色のブラウスに白のエプロンスカート。その腰には、赤い太めのリボンがあり、後ろで結ばれている。誰がどう見ても可愛い少女だった。

「「「「えっ……」」」」

その変身を初めて見る冒険者達や公爵家の護衛達、騎士達があんぐりと口を開けて固まる。

「あ、やっぱり可愛い」

何度かこの変身を見て知っているリュブランは素直な感想を口にする。マグナとフレバーも、うんと頷いた。

「あのフィルさんは、クーちゃんママと並んだら本当に姉妹にしか見えないですよね」

「何度見てもすごい……」

一方、ヴィランズより先に自分が行くべきだったな、と反省していたファリマス。彼女は感嘆のため息を吐く。

「ほおっ……」

リーリルはどこに居るのか、と意識を飛ばしている間の行動だったのだ。だが、お陰で面白いものが見れそうだと笑う。フィルズは周りの反応は気にせず、ヴィランズに駆け寄る。

「お父さんっ。もう終わった？」

「っ……あ、ああっ」

「っ、お父さん⁉」

ちょっと感動しながらのヴィランズの返事。そして、裏切られたと驚愕するレヴィリアの声が響いた。

フィルズがヴィランズに駆け寄ると同時に、エンが気を利かせて、ぬかるみになった足下を乾かしていく。青い炎が一瞬、地面を舐めるように駆け抜けていった。これにより、男達のせいでぐちゃぐちゃになっていた場所も乾いて、少しデコボコしたままではあるが、歩きやすくなった。

フィルズは満足げに一瞥を送り、ついでに籠車の中の男達とレヴィリアも乾かすように意思を伝える。

「頼むぞ、エン」

《ワフ！》

男達とレヴィリアの下から温風が吹き上げ、水分を飛ばして乾かしていく。

「「「「っ!!」」」」

「っ、うっぷっ」

残念ながら、泥だらけになった部分は乾いた土が付いたままだ。

『娘が居るなんて、ヴィランズに騙された』という顔を向けていたレヴィリアは、驚きながら乾いた服を確認する。その様を目の端で捉えた後、フィルズはヴィランズの腕を引っ張る。

「ねえっ、お父さん。終わったらご飯って言ったでしょ？　早く食べよっ」

「っ、う、あ、ああっ。お前が作ったんだよなっ。楽しみだっ」

「えへへ。期待しててっ」

「……っ」

これだけの会話で、レヴィリアの頭の中では色々と妄想が繰り広げられただろう。仲の良い父娘《おやこ》ということから、妻が居て、こちらも仲の良い円満家庭。声を掛けてくれたことから、妻にも優しい愛妻家なんて感じに連想していくかもしれない。少々、憎々しげに顔を顰めた様から見ても、予想はそう外れていないはずだ。

「ほら、早くっ」

「そ、そうだな……あ……」

フィルズに引っ張られ、レヴィリアから離れたヴィランズ。だが、少し振り向いてレヴィリアを確認したことで、彼はその視線に気付いた。

「……フィ……ル……っ」

馬車の扉を開け、降りてこようとしていたリゼンフィアだ。彼は、ヴィランズの手を引く少女が、女装したフィルズだときちんと分かったようだ。

「お、女の子……確かに可愛いっ……聞いた通りだ……」

以前、ファスター王が辺境の視察に来た時にも、フィルズは少女の姿を見せていた。その話を聞いていたのだろう。リゼンフィアはコレかと納得しながらも、泣きそうな顔をする。

「フィル……っ、フィルが……お父さんって……っ」

「っ……！」

次にはヴィランズに射殺しそうな目を向けていた。

「ちょっ、フィルっ、公爵がっ」

ヴィランズが小声でフィルズに訴える。しかし、フィルズは笑顔だ。父娘《おやこ》の微笑ましい内緒話をする様子にしか見えないだろう。そう見えるようにフィルズも計算している。

「気にすんな。ふふっ。何言ってるのっ。もうっ、お父さんったらぁ♪」

「っ！　あ～……うん……」

背中をビシっと叩いて、冗談を言った父に笑う娘にしか見えなかっただろう。見た目よりも強めに叩かれ、ヴィランズは調子を合わせるしかなかった。

恨めしげな二つの視線には気付かない振りで、少女姿のフィルズは、冒険者や面白がるファリマス、リュブラン達も手招きして、魔導車に入った。全員乗り込み、扉もしっかり閉めた時点で、冒険者達が笑い出す。音が漏れにくいことを彼らは知っている。

「っ、ぷくくっ。フィっ、フィルっ、めっちゃ可愛いじゃんかっ」

「おうおうっ。羨ましい！　仲良し親子！　声もどうやってんだ？　女の子じゃんっ」

「ちょっとぉっ。そんな楽しいこと、何で教えてくれなかったのよぉ。お姉さんと今度、その姿で買い物デートしよっ」

「あっ、それズルいっ。けど、笑うわ～。あの勘違い女、めちゃくちゃ勘違いしててウケた」

「それそれっ。なるほどなあ。あの排除の仕方はオモロいわ。ヴィランズの旦那が羨ましいっ。そんで、めっちゃちゃっ美少女！」

好評だったようだ。フィルズはその姿のまま腰に手を当てて胸を張る。

「当然でしょっ。誰の子だと思ってるの？」

「「「「クーちゃんの子だっ」」」」

「ふふんっ♪」

「マジで女の子にしか見えんっ」

「「「ソレね」」」

誰もがこれには納得らしい。リュブラン達もうんうんと少し誇らしげだ。リュブラン達は時折、クラルスと共に、この姿になったフィルズと遊んでいたのだ。クラルスの『娘とならこう遊ぶっ』という母娘ごっこは、リュブラン達にはもう日常的に楽しむものだった。

因みに、リュブラン達も女装の練習をしているため、マグナを含めた元騎士団メンバーは、全員女装することに抵抗がない。唐突に始まるクラルスの『今日は女子会！』なんて思い付きにも女装して付き合うほどだ。

フィルズは女装を解くことなく、ニッと笑い、次の行動に移る。

「さてと。あっちは、ちょっとお説教が入るはずだから、料理の仕上げをして……キリのいいところで、匂いで誘惑しますか♪」

「手伝うね」

「あ、僕も」

「手伝います！」

リュブランとマグナ、フレバーが手を挙げる。

「うん。おばあちゃまも、もう少しおじいちゃまに会うのは待ってね」

女らしくあるならばと、おばあちゃま呼びにするフィルズ。これにファリマスは満足げだ。

「ああ。すぐそこに居るのは分かってるから、大丈夫だよ」

「なら、おばあちゃまは、ちょっとそこの『お父さん』に、気を付けないといけない女性について、教えてあげてくれない？」

「へ？」

『お父さん』という言葉に力を入れながらフィルズが言えば、ヴィランズがビクリと肩を揺らす。

「そうだねえ……良い出会いより先に、女に苦手意識を持ちそうだしねえ」

「あ……え～っと……」

目を泳がせるヴィランズ。自覚があるらしい。そこに、冒険者達も手を挙げる。

「あ、俺らもヴィランズさんに言い聞かせるわ」

「そうね。あんな女ばっかりじゃないけど、どうしても引っかかっちゃう人っているのよね～」

「……っ」

全員の視線を集めたヴィランズは、居心地が悪そうに肩をすくめる。

「じゃぁ、ちょっと指導するかね。おいで、『お父さん』」

「はい……」

お父さんと呼ばれるのが数分前までとても嬉しかったのに、今はちょっと複雑という様子で、ヴィランズはファリマスと冒険者達に連行されて行く。

因みに、二階から降りて来ようとしていたリフタールは、これを気の毒そうに見てから一つ頷いくと、エン達とジュエルを連れて再び見張りに戻っていった。

◆　◆　◆

リゼンフィアは完全にフィルズ達が魔導車の中に消えた後、グッと腹に力を入れて顔を上げた。たとえ、最愛の息子が他人を『お父さん』と呼んでいるのが悔しくても。その言葉が一度としてまともに自分に向けられたことがないと気付いてしまっても、落ち込んではいられないのだ。

きっと、いつかそう呼んでくれる。その日を早めるには、自分が頑張るしかない。そして、今やるべきことは目の前にある。

未だ座り込んでいるレヴィリア。もし、彼女の性格も何も知らなければ、リゼンフィアは護衛に命じて助け起こさせることくらいはしただろう。

だが、彼女がしでかしたこと。その結果も報告書として確認してしまった今、そんな気は少しも起きなかった。何より、彼女はいつだって勝手に動いて来たのだ。自力で立ち上がれないはずがない。

「レヴィリア様」

「っ……あなたから私を呼ぶなんて珍しいわね……何？　まずは手を貸すのが常識ではない？」

「……ご自分でお立ちください」

「なっ」

文句を言わせる前に、リゼンフィアは続けた。

「軟弱な私の手など借りたくないと以前、何度も仰っていますし、一介の侍女が手を差し伸べられるのを待つというのは、女性の世界では、はしたないと言うのではありませんでしたか。以前、あなたが王宮の侍女相手にそう宣っていたのを拝見したのですが？」

「っ、そっ……」

「お早くお願いします。先王陛下と王母様がすぐに来るように、とのことです」

「っ……この格好では無理よっ」

立ち上がったレヴィリアは、むくれながら精一杯背を伸ばして上から睨め付けるように言う。それを見つめ、リゼンフィアは眉根を寄せる。確かに土で汚れて埃《ほこり》っぽいまま先王夫妻の前には立てないだろう。はっきり言って、大事な馬車にも乗せたくない。

少しばかり考えていれば、クルシュが耳打ちする。

「もう一度洗濯してもらいます？」

「……もう一度……できるのか？」

先ほどの大量の水が落ちて来たところまではリゼンフィアも見ている。なぜ乾いているのかは知らなかったが、もう一度と言っているくらいだから、乾かすことまでやれるのだろう。馬車を乾かしたのと同じ理屈ではないかと予想する。

クルシュは、うんと頷き、レヴィリアへ伝える。

「殿下。そのまま今度はきちんと立ったままお願いします」

「……え……」

リゼンフィアの肩を掴み、レヴィリアから少し距離を取ると、クルシュは魔導車の上に戻ってこちらを見ているリフタールへと手を振った。本当は、その下に見える小さな子達への声かけだ。

「すみませ～んっ。この人の洗濯風呂をお願いします！」

「ちょっ」

レヴィリアがまた文句を言おうとしたが、顔が何かに覆われる。そして、更にその外側に、大きなドラム缶のように覆う薄桃色の結界が張られた。

「ちょっ、なにっ⁉　ひっ！」

そこへ温水が入り、その水が回転したり横にゆすられるように動く。お陰で、スカートが捲《めく》れて少々下着が見えたりもするが、レヴィリアは頭が固定されていることと、時折、背中や腹側などに支えとなる板状の結界が現れることで、振り回されずに済んでいた。

「いやっ、な、なんなの⁉」

そして、しばらくすると、水が抜けていき、その水が染み込んだ土ごと、温風が吹き上げて乾かされる。結界が消えた時には、綺麗に乾いて汚れもない姿になっていた。

クルシュが感嘆の声を思わず上げる。

「相変わらず完璧……いやあ、素晴らしい！」

「……」

「……」

リゼンフィアも意味が分からず、レヴィリアは呆然としている。

「あっ、いいんですか？　お呼びなのでは？」

「っ、そうだ。中へ」

「っ……ええ……」

経緯はどうあれ、問題はなくなった。

レヴィリアは、反抗する気力も流されたのか、大人しく馬車へ入って行く。それを見送り、リゼンフィアはクルシュに問い掛ける。

「で？　今のはなんだ？」

「ん？　ああ、エンくん達の合わせ技だ」

「エンくん……確か、守護獣だと……王から聞いたが……」

久し振りに領地に帰るリゼンフィアは、まだエン、ギン、ハナ、ジュエルとは顔合わせをしていない。辺境帰りのファスター王からそういう存在が居ると聞き、更にホワイトからも教えてもらったが、実際にはまだ見たことがなかった。

反対に、クルシュはその間も何度か王都と領地を行き来していた。馬車の引き渡しや手紙の配達なども、交代で行き来する護衛達の仕事だ。領地の報告は代官がするため、クルシュ達は、家族のことや町でのちょっとした変化などを報告している。

「そうそう。フィルズ坊ちゃんが、いつだったか訓練後に、シャワー浴びる時間がないって奴らを丸洗いする方法って考えたんだよ。エンくん達の訓練にもなるからって。最近は、子ども達が家に帰る前にやってもらってるよ。庶民の家には、風呂なんてないしな」

遊び場を作ったことで、それこそ汗だくになって遊ぶ子ども達が増えた。それを見て、フィルズがお母さん達に悪いなということで、大人達で散々実験した後に、子ども達にも適用したのだ。

「お母さん方がついでにって、旦那を引きずって来ることもあるらしい。それで、領都に『公衆浴場』を作りたいって要望が坊ちゃんから出てたろう」

「ああ……なるほど。そういうことか」

一度綺麗にすることを覚えたなら、欲しいと思うだろう。セイスフィア商会主導で、『公衆浴場』というのを作りたいという提案書が回って来ているのは確認している。今回領地に帰ったら、この話を詰めるつもりでもいた。

『公衆浴場』はこの国にはないのだ。他国には幾つか様々な種類で存在する所もある。よって、どんな形にするのか、他国ではどのような物があるのかという資料から確認しようと考えている。

とはいえ、フィルズならばそんなところも抜かりなく用意しているだろうなとは思っていた。その思いが表情に出ていたのだろう。

「なにニヤついてるんです？」

「っ、別に……私の息子は優秀だと思ってな」

何よりも誇らしく思う。しかし、それを声高に誇れないのが現状だ。

「早く父親として認められるといいな……」

「っ、認められてはいる！　呼ばれないだけだ！」

「はいはい。呼ばれるようになる頃には、そこら中に坊ちゃんの父親が居そうだがな」

「くっ……私も馬車に入る。お前達は待機だっ」

「了解です！」

そうしてリゼンフィアは、少し苦々しく思いながら、お説教が始まっているだろう馬車へとそっと入り込んだ。

◆　◆　◆

フィルズ達の昼食の用意は、ほぼ終わっている。あとは仕上げとスープの味を調《ととの》えるだけだ。

次にやらなくてはならないのは、騎士達など外の者達への食事の用意だった。もちろん、それも見込んでおかずの方は作っている。

「すごい量のお肉だね。あれが豆腐ハンバーグ？」

リュブランは、トマトソースを作りながら保温機に入れられ、大量生産された豆腐ハンバーグを見る。サイズは大人の掌《てのひら》ほどだろうか。

「そう。騎士ってよく食べるし、作り置きもできるから、せっかくだしね～」

フィルズはまだ女装したままなので、声や雰囲気も女の子っぽい。

煮込んであった具沢山の野菜コンソメスープの味を調整しながら、フィルズは二階に声を掛ける。

「リフターおじさまぁっ、あっちの外に居る人数と籠車の中の人数教えて～っ」

馬車の中の人数は、報告書と一緒に忍び込ませている隠密ウサギが報告してくれているので把握済みだ。それと、後続の魔導車の中に保護されている子ども達も別に把握している。こちらには、子ペンギン達が既にパン粥《がゆ》を食べさせており、今は眠っているはずだ。

「っ、はい。護衛騎士が十五。籠車の中の者が丁度九十です！」

「ありがと～」

「はっ！」

リフタールはまだそれほど少女の姿になったフィルズを見慣れてはいないらしい。どうも、混乱するとのこと。なので、見えないなら問題ない。

「よ〜しっ。それじゃあ、外の騎士達と籠車の中の人達にはパンに野菜とハンバーグを挟んでサンドにしていって、私達はこのプレートでね」

ここで、パンに挟む野菜を洗っていたマグナが確認して来る。

「盗賊の人達にも今回は用意するんですか？」

「本当はいくらそれほど罪を犯してないとはいえ、盗賊は盗賊だし〜って、無視してそのまま国に引き渡しちゃいたいんだけど、事情を知っちゃったからには、引き渡すまでそれなりに面倒見るしかないでしょ」

「……そう……ですね」

少し納得いかないような響きの声に、フィルズは顔を上げて、マグナを見つめる。すると、マグナは続けた。

「っ、えっと……フィルさんらしくないなと……思いまして……」

「ははっ。正解。まあね。自国のことは自国でどうにかしなさいよって思うじゃん？　だから、本当はそのままポイしたいんだよ？　関わってもいいことないし」

隣国には、取り引きしたいと思う物もない。もちろん、捕らえた彼らにも。フィルズに得になる物は何一つないのだ。レヴィリアも面倒な人だと分かっているのだから、それに関わるなんて、正に百害あって一利なしというやつだ。

「まあ、だから、早く縁を切りたいわけよ」

「えっと……縁を切りたいのに……食事を？」

「そう。この場合、一番早くあの人達を大人しくさせるには、全部喋らせることなのよ。けど、お腹空いているとか寒いとか、そういう不快感があると、意固地なのが更に意固地になりやすいわけ」

最後の仕上げにクルクルとスープをかき混ぜ、味を見る。

「っ、ん。いい感じっ」

納得して蓋をし、火を止めた。

「だから、ちょっと満足させて、こっちにいい印象を与えて、それで全部話させるっ。文句言いたくて堪らなかった人達だから、余計に景気良く話してくれるわ」

「なるほど……」

「今なら、最底辺の満足度しかないから、ちょっとの食事でかなりの満足度を稼げるしね〜♪　どう？　私らしくなった？」

「それでこそだと思いました！」

「よろしいっ。でも、最初っからあるとは思わせないようにしないとね〜。そろそろ、テーブルを外に出そうかな」

これに手を挙げるのは、マグナと共に野菜を洗っていたフレバーだ。

「あっ、やって来ます！　炊き出しみたいな形で大丈夫ですか？」

「それでいいよ。子ペンギン達も手伝わせて」

「はいっ」

「慌てなくてもいいからね～」

「分かりました」

食事を取るまでは、ここから動くつもりはない。ゆっくり休憩することにする。

「リュブラン、そっちのソースはサンド用だから、そろそろこの器に入れちゃって。マグナ。野菜の大きさは適当でいいからね。どんどんちぎってこっちのザルに入れて」

「「はいっ」」

フィルズは、それとは別にプレートランチの形にしていく。馬車の中に居る人数は侍女も含めて分かっている。とはいえ、侍女や侍従達は後になるだろうと予想し、彼ら用に後で食べやすいようにお弁当箱でも用意しておく。

「うん。こんな感じかなっ」

「「っ、美味しそうっ」」

出来上がったのは、メインに豆腐ハンバーグ。ソースは餡掛けにしたゼセラお手製の醤油味。野菜のサラダには、玉ねぎのオイルドレッシングをかけ、マカロニの入ったポテトサラダを一山。コーンとベーコンのチーズ焼きを小さな器で置いて出来上がりだ。

「パンはロールパンにして。スープは具沢山のコンソメにしたし。うんっ、いいんじゃない？」

フィルズはその出来に満足だと頷く。

「さあ、じゃあ先に食べちゃって。後で外を手伝ってもらいたいから。おばあちゃま～、『お父さん』へのお説教終わった？」

「まああだね」

「そっか。けどまずご飯にしよう。おじいちゃまを呼んで来てっ。ペルタと一緒に行けば、馬車の鍵も開くから」

「そうなのかい。じゃあ、迎えに行って来ようかね」

《おう。任せときな。ああ、ご主人。換気扇回すんだろ？》

「よろしく～」

これで匂いでの誘惑もばっちりだろう。リゼンフィア達の馬車の中へも、少しだけ匂いが行く。中で行われているであろうお説教も、これで落ち着くだろうという目論見だ。

まず、外の騎士達が我慢できなくなる。そうなれば、クルシュが頃合いを見てリゼンフィアに伝えるはずだ。正直に我慢できないと。そうして、プレートランチが揃う頃。その人がやって来た。

「待たせたね」

サラサラと肩から長い髪を滑らせ、ファリマスに手を引かれてやって来たのは、その辺では見られない儚げな美女だ。

「あっ。その人がおじいちゃま？」

「「「「っ、おじいちゃま!?」」」」

案の定、あまりの美しさに、リュブランや冒険者達は大混乱した。

「はじめまして、おじいちゃま」

「君が……やっと会えたね」

おっとりした目の奥に、強い光が見えた。フィルズがクラルスの息子だというのは既に知っている。だから、女装姿をしたフィルズの評価が下されているのだと感じた。

「あのお喋りしてくれるラフィットから聞いてるよ」

「ふふっ。無事で良かったです。改めて……」

そこで、フィルズはようやく本来の姿に戻る。冒険者の姿。だが、髪色と瞳の色も本来のものにした。いつも冒険者として外に出る時は、黒髪に黒い瞳へと変えている。

クラルスの息子だというのは周知の事実なので、商会長として仕事をする時は、この本来の色を堂々と見せているが、冒険者の時は瞳の色で庶子だと見て絡んでくるタチの悪い者も居なくはないので、徹底して隠していた。

髪の色は流民に多い濃紺の色だが、瞳は明らかに貴族の血を引いていると分かる翡翠色《ひすいいろ》だ。これにより、貴族の後ろ盾もあるかもしれないと商談相手に思わせることができる。利用できるものは何でも利用するのがフィルズだ。

「その瞳の色は、お父さんと同じなんだね」

「母さんも気に入ってる色なんだ」

「そっか……うん。ステキだね。クラルスは昔から、色でも物でも食べ物でも、一度好きになるとそればっかり求めるんだ」

「へえ〜。なんか分かる」

「ふふっ。困った子だよね」

「母親の私よりも娘のことに詳しいのも困ったものだよ」

ファリマスがリーリルの隣で拗ねたような顔をしていた。これではどっちに嫉妬しているんだか分からない。

「ぷっ、ははっ」

「ごめんね？」

リーリルはファリマスの気持ちが分かっていなさそうだ。これはずっと片想いしている感じだろうか。

「ばあちゃん、マジで一途」

「褒めてるかい？」

「尊敬する」

「ならよろしい」

ファリマスはリーリルのこういうちょっと鈍いところも気に入っているようだ。その後、一同が昼食の用意をされたテーブルにつく。フィルズは四人がけのテーブルに、ファリマスとリーリルと向き合うように座る。

「さあ、どうぞ」

そう告げたと同時に、ヴィランズやリュブラン達はもう食べ始めていた。外に行っていたフレバーも戻って来ているし、リフタールも二階から戻って来ている。エン、ギン、ハナとジュエルも与えられた食事をフィルズの傍で食べており、外に居るビズ、馬達にも子ペンギンによって食事は運ばれていった。

外の見張りは、今やペルタや子ペンギンだけではなく、隠密ウサギとシロクマも居るので心配は要らない。寧ろ、この付近は護衛騎士さえ必要ない状態だ。

とはいえ、一応は護衛が居ると見せることは必要なので、申し訳ないが今しばらく昼食を我慢しておいてもらおう。絶賛、匂いで誘惑中だとしてもだ。

「これ、可愛いご飯だねえ」

リーリルがプレートランチに目を輝かせていた。

「リル。見てないで食べよう」

「うんっ」

さっそくと、手前にあるメインの豆腐ハンバーグにフォークを刺し、ナイフを入れて目を丸くした。崩れない程度の硬さにはしてあるが、ふわふわ感があるのでスッとフォークもナイフも入る。その柔らかさに驚いたようだ。そして、一口食べてぱっと花が咲くように可憐《かれん》に微笑んだ。

「美味しいっ。お肉……お肉だよね？　こんなさっぱりと食べられるお肉……あった？」

「どうだい？　肉が苦手なリルでも、これなら全部食べられるんじゃないかい？」

「うんっ」

「え？　なに？　じいちゃん、お肉苦手だったの？」

「ふふっ。そうなの。これくらいの量なら、何とか食べられるんだけど……どうしてもファリマスのようには食べられなくて……」

「うん。ばあちゃんは、肉好きそうだよな」

「あははっ。よく分かったねえ」

勝手なイメージだが、きっと肉に齧《かじ》り付くのも躊躇わない人だと思っていた。寧ろ似合う。よく動くからこそ、エネルギーとなるようよく食べるのだろう。

「私はガッツリとこれくらいのステーキでも問題ないんだけど」

これくらいと言って手で示して見せた大きさは、多分五百グラム近いものだった。

「リルは少食だし、寧ろ食事があまり好きじゃなさそうでね」

「そうなのか？　じいちゃん」

この可憐な祖父に肉に齧り付いて欲しくはない。ちょっとイメージもできなかった。

「あ……うん。食べるのたまに面倒になっちゃって……」

「それは……」

年もあるんだろうかと、フィルズは見るからに儚げなリーリルを心配する。

「良くないのは、分かってるんだけどね……ファリマスと一緒じゃない時は特に……あまり食べるって気にならなくて……」

「……ん？」

「一人で食べるの……なんか嫌だなって……」

ちょっと風向きが変わった。

「……あ～、うん。半分は惚気だな。惚気と見た。ばあちゃんと一緒だわ。うん。ヴィランズ～、こういうのが相思相愛ってやつだから見とけ～」

「っ、フィルっ、ちょっ、何言ってんだい！」

「っ、え？　あ……そ、相思相愛……っ……は、恥ずかしい……っ」

ファリマスが顔を赤くしながらも強気に返すのに対し、リーリルは白い肌が薄く赤く色付くのを隠すように、両手で顔を覆っていた。

「すげえ、見事に男女逆の反応」

正にこれこそ理想とする男性の照れ方と、可愛らしい女性の照れ方ではないだろうか。ただ、想定される性別が逆になっている。

フィルズが感心していると、冒険者達は錯乱《さくらん》していた。

「お、おじいちゃまが可愛いっ」

「やばいっ、やばいっ、おじいちゃまなんだって、おじいちゃまっ、おじいちゃまは男……男だよね!?」

「おじいちゃまって何だっけ？」

「可憐……可憐だわ……可憐って言葉はこの人のためにあるのよっ」

「男なのよね？　私らが女だよね？　え？　違う？　あんな可愛さどこからも出ないよ!?」

リュブラン達やリフタール、ヴィランズも見惚れていた。しばらくして見ている方が照れて来る。

無言で食事に戻った。

「ばあちゃん……これやべえわ。よく一人にできたな……」

「毎回後悔するからね……不安になってキレやすくなるんだよ……」

「うん。離れるべきじゃねえわ。気付こ？」

相思相愛なのも、やはり問題がありそうだ。


食事が終わる頃。クルシュが魔導車のドアを叩いた。

「すみませ〜ん。フィルズ坊ちゃん。その……」

駆け寄ってドアを開ければ、クルシュは遠慮がちで気まずげな表情を見せていた。

「ん〜、はっきり言っていいぜ？」

フィルズは意地悪くニヤリと笑って見せる。言いたいことは分かっていた。それは予想通りだ。

「腹減りました！　この匂いは酷いです！　メシくださいっ。お願いしますっ！」

しっかり四十五度に体を折り曲げたお辞儀をキメられ、フィルズは大仰に頷く。

「ん。正直でよろしい。すぐ用意する。あっちの騎士達も交代で休めるように順番を決めてくれ。大丈夫だって言っても、全員一気に休むの嫌がるだろ」

騎士団一つくらい軽く捻れるくらいの実力がある隠密ウサギとシロクマが見張っていると言っても、呑気にみんなで揃って食事なんてことはできないだろう。

「そうですね。よく分かっていらっしゃる……というか、今更ですけど……団長がなぜここに？　何で冒険者にシレっと交ざってんです？」

普通は、領主不在の領都の騎士団長が、フラフラと領を出て来たりはしないものだ。クルシュは非難がましい目をヴィランズに向ける。

「いやあ。だってフィルが心配だったし」

「あなたより断然強い坊ちゃんのどこを心配してるんです？　最強！　天才！　って自慢しまくってたでしょうにっ」

「ばっ、そ、そんなこと言ってねえよっ」

「「「「いや、言ってた」」」」

「っ!?」

「ほら」

「くっ……」

冒険者からも肯定が返って来た。ヴィランズはフィルズの前では言わないが、フィルズの実力に惚れ込んでいるのだ。そして、同時に自慢できる息子のようにも思っている。

「先ほども、フィルズ坊ちゃんに助けてもらっていましたよね？」

「うっ……いや……アレは仕方ないだろ……普通の行動だろ？」

「……あなた、仮にも王都の、それも王宮にも出入りしていたでしょうに……何であんなのに引っかかるかな……」

年齢はヴィランズの方がクルシュよりほんの少し年上なのだが、そうした知識や経験はクルシュの方が上のようだ。このままでは進まないと思い、フィルズが口を挟む。

「その辺については、今後鍛えるってことになってるから、それくらいにしといてくれ。先王達の飯、運ぶから侍女を呼んで来てくれるか？」

「分かりました」

そうして、騎士達と馬車に乗っている先王夫妻やリゼンフィアへと食事の提供を始めた。

騎士達には、食べやすいように十五センチくらいのバケットに横に切れ込みを入れ、野菜とケチャップソース付きの豆腐ハンバーグを挟む。これを外に出したテーブルにリュブラン達で量産してもらった。

この時、籠車の中の者達にはまだ食事を配らない。貰えなくて当然だと反省しているかどうかも見極める。

先王夫妻とリゼンフィアには、フィルズ達が食べたのと同じプレートランチにして侍女と侍従に持って行ってもらう。フィルズもリゼンフィアの分を持って馬車へと顔を出した。

「っ、フィル」

「落ち着いたか？　これあんたの」

「フィ、フィルが作ったのか……？」

「そうだけど？　ああ、ばあちゃんにも手伝ってもらったし、リュブラン達も手伝ってくれたけどな」

ちょっと大袈裟に感動しながら、プレートを受け取るリゼンフィア。フィルズの作る食事が美味しいことは知っている。どれほど今までそれを食べたいと恋しく思ったかも知れない。

「まあ、作った者として、一応説明しようと思ってさ。挨拶いいか？」

「っ、あ、ああ……っ、その……っ」

リゼンフィアは期待した。これが自慢の息子です、と先王夫妻に紹介できると。

しかし、フィルズは甘くない。片手を上げて制し、ファスター王によく似た先王に頭を下げる。

そして、ギルドカードを提示した。

「失礼します。四級冒険者のフィルです。普段はエントラール公爵領都を拠点に活動しております。今回は、領主が帰領するに当たり、この辺りを根城としている盗賊が危害を及ぼす可能性を危惧した騎士団長ヴィランズと共に、盗賊退治の依頼を受けて参りました」

ヴィランズが付いて来たのは正解だった。これをちゃっかり利用させてもらう。こういう利用の仕方をギルド長のルイリも推奨しているはずだ。

「後見を受けている神殿長からも心配の声をいただいておりました。ご無事で何よりです」

「あ、ああ……なんと……その歳で四級とは……いや、助けてくれたこと、感謝する」

「お気になさらず」

リゼンフィアが息子として紹介できなかったことにショックを受けているようだが、フィルズは問題なくこうして先王との顔合わせを果たした。

部屋の隅で項垂れるレヴィリアを目の端に確認しながら、フィルズは次に料理の説明に入る。

「僭越ながらお食事を用意させていただきました。野菜は元男爵領で採れました朝摘みを。ターネギのオイルドレッシングで味付けしております」

セイスフィア商会の商品は、ここ最近国内に広く知られるようになり、その中でも野菜を食べやすくするドレッシングは人気商品だ。貴族家では生野菜を食べるのは稀で、食べたとしても塩味が普通。生野菜は新鮮でなくてはならないので、あまり好まれなかった。

とはいえ、野菜は健康のためには食べなくてはならないもので、野菜は新鮮な生野菜が最も良いというこの世界お得意の迷信によって、貴族家でも生野菜を週に一度は食べるようにしているらしい。ただし、ここで問題となったのは、味が二の次だったということだ。

「ドレッシングか。一度食べたが、確かにアレは美味しかった。食べてもいいだろうか？」

「どうぞ」

勧めるが、侍従と侍女が慌てた。

「あっ、お毒見がっ」

「よいよい。フィルという冒険者については、ファスターから聞いておる。信頼できるとな」

そうして、先王はフィルズをまっすぐに見た。楽しそうにするその瞳は、息子である現王ファスター王にそっくりだった。

「信用していただきありがとうございます。とはいえ、心配は分かりますので……」

フィルズも失念していた。ファスター王は何の警戒もなしにフィルズの所で毎回ニコニコとご機嫌に食事をしていく。普通はあり得ない行動だったのだと、ここで認識した。侍女と侍従にも同じようにプレートで用意しようかと考えたところで、リゼンフィアが口を開いた。

「では、私が先にいただきます」

「っ……」

任せてくれと、フィルズへと視線を寄越すリゼンフィア。それならばと先王夫妻も頷いた。そして、リゼンフィアが先にサラダを食べる。

「っ……やはり美味しい……あ、どうぞお食べください」

「うむ」

「ありがとう……あら……っ、美味しいわ。野菜が美味しいなんて……」

「ああ……野菜が……こんなに……甘さも感じる……」

新鮮なものを用意すると言っても、農家から直送というわけではないため、どうしても味は落ちるものだ。そして、その野菜に合った食べ方を知らないため、野菜嫌いは貴族でも多い。

「野菜には、最も美味しくなる収穫時期だけでなく、収穫時間というものもあります。これは朝摘みが最も美味しい野菜です。水分も十分に蓄えられ、栄養が凝縮されている時間に採られた物で、鮮度をそのまま保つよう冷却保存して出荷されます」

この冷却用の出荷ボックスも、セイスフィア商会で売りに出された物だ。これにより、公爵領内では新鮮で瑞々しい野菜が行き渡るようになっていた。

「驚いたわ……お野菜がこんなに美味しいなんて……無理をして食べていたのが嘘のようです」

実は、子どもより大人の方が野菜嫌いは多いのだというのは、ここ最近知ったこと。無理にでも食べなくてはという思いが強く、嫌いという認識を誤魔化すようになる。ドレッシングや、野菜を美味しく食べられるレシピを知って、実は野菜が嫌いだったと自覚する者は多かった。

「一緒にある白い物はポテイモを蒸して潰し、パスタという小麦粉で出来た物と細かくしたネンシンとターネギを混ぜてあるポテイモサラダです。味付けはマヨネーズという調味料を使っています」

「マヨネーズ……っ、賢者の時代には当たり前だったという、あの伝説の……っ」

「っ、伝説……間違いなく賢者がもたらしたマヨネーズと同じ物です……商業ギルドで認定も受けております……」

マヨネーズが伝説になっていたというのは、フィルズには衝撃だった。確かに商業ギルドでも登録の時に大騒ぎしていたなと思い出した。これも、リゼンフィアが真っ先に食べ、毒見を済ませた。早くという目が先王夫妻から来るのだ。

「っ、これがポテイモか……こんな滑らかに……うむ。中のコレがパスタという物だな。ファスターがスープに入れるようにと持って来たことがあった」

「ええ。これは食べた気にもなって良いですわよね。パンよりも食べやすいですもの」

パンはかなり口の中の水分を持っていく物。スープに浸して食べるのが当たり前だが、最後にパン粉となったカケラがスープに残り、それで咽《む》せることが多い。そのため、歳を取るにつれて、それを怖がり、パンも食べなくなるらしい。

「次に手前のメインです。豆腐ハンバーグになります。豆腐とは、大豆から出来る物です。そこに少しだけ滋養の高いラクンエルを混ぜてあります。ですが、肉臭さはないので食べやすいはずです。冷めにくいよう、ソースは餡掛け……とろみのあるソースです。調味料はこちらも大豆から出来る醤油という物を使っています」

「っ、なんとっ、しょうゆとなっ」

「まあっ、それも確か……賢者様の……」

「ああ。賢者様の作られたという調味料だ……コレにも伝説が……っ」

「……」

大袈裟だ。だが、これがこの世界での普通なのだろう。賢者が偉大な存在で、それが作った物がとても素晴らしい物だったという認識。失くしたからこそ、その認識が強いのだ。

「あの……どうぞ……」

リゼンフィアはもう食べていた。伝説だろうとなんだろうと、リゼンフィアにとっては、フィルズの作った物だ。その方が彼にとっては重要だった。

「っ、食べやすいっ……これは……いくらでも食べられそうだ……肉の重さがない……」

豆腐ハンバーグはパサパサしやすいため、そうならないよう考えた自慢のレシピだ。

「むっ、なるほど……肉……ではないのか……いや、肉のようにも感じる。美味いっ」

「これはいいわ……体が弱るから、お肉は食べなくてはと無理をするけれど……これは、そんな嫌な感じがしない……」

「「っ……」」

侍従と侍女達が、肉が入っているというそれを食べる先王夫妻を見て、涙を滲ませる。それだけ肉を食べられなくなっていたのだろう。

胃腸が弱るとどうしても体が弱る。体に良いと言われていても、体が受け付けなくなる時はある。それが傍に居る彼らには辛かったのだ。大事な主だからこそ、長生きしてほしい。健康でいてほしいと望む。けれど、それを体が受け入れない。弱っていくのも目に見えて辛かったはずだ。

「滞在される間のお食事についてはご相談させていただきたい。少しでも食べられる量を増やせるよう、最新の医療知識と合わせて提供させていただく予定です」

「なんとっ……良いのだろうか……」

「もちろんです。ファスター王からもよろしくと言われていますので」

「そ、そうか……ありがとう」

「いえ」

何より、隅の方で今やポカンと口を開けて食事の様子を見ているレヴィリアを叱れるのは、彼らだけだ。まだしばらくは叱り飛ばしてもらえる元気を持っていてもらわなくては困るのだから。

フィルズは微笑みながら料理の説明を続ける。次は何かと先王夫妻も期待しているらしい。

「左上にあるのは、クルフとベーコンのチーズ焼きです。クルフは、一般的な粒の物とは違い、若採りの物です。クルフとして大きくなる前の物で、若芽のような物とお考えください。これは芯まで食べられます」

いわゆるヤングコーンだ。甘く美味しさを凝縮したとうもろこしを作るには、間引きも必要。そこで、ヤングコーンとして採取することを提案した。煮込みスープにも良い具材となる。試しにスープ屋台で使ってみたのだが、これが意外にも人気が出た。食感が良いと。

よって、今は公爵領都と辺境伯領で売り出している。徐々に行商人達も目を付け始めているらしく、国中に広まるのも時間の問題だろう。

「器が保温機にもなっており、熱くなっていますので、火傷にお気を付けてください。チーズは伸びる物を使っております」

説明の途中で、既にリゼンフィアは食べていた。

「っ、コリコリして……美味しい……っ」

それを聞いてすぐに先王夫妻も手を付ける。

「おおっ。チーズが伸びる」

「まあっ。んっ……確かにとても歯応えがいいわっ」

「硬過ぎず、柔らか過ぎない……良いな」

「ベーコンも味がしっかりしていてとても美味しいわ」

少ししか用意しなかったおかずだが、とても気に入ったらしい。リゼンフィアはもう食べ終えていた。

「フィル、コレがクルフで試すと言っていた……」

「元男爵領の方で試すと報告した野菜です。これでもっと甘いクルフも収穫できるのではないかと」

この世界のとうもろこしは、ほぼ放置で作られる。出来たら取るくらいの簡単な物だ。それも茎が硬いため、そのまま魔獣避けの柵扱い。枯れるまで放置。そもそも、野菜の味を良くしようとか、品種改良をするという考えがないのだ。

間引きをしたことで、味が凝縮して甘い物が出来れば、スープの味も良くなるため、これだけで野菜の味を良くするという考えも伝わるはずだ。ここから農家での認識も変わると期待している。異世界改革はやはり食を大事にするところからだろう。

「ポップコーンも軌道に乗ったので。本格的に畑を広げられます」

「そうか……うむ……戻ったら確認しよう。その……付き合ってもらえるだろうか……」

「ええ。商会から車も出します」

「っ、ありがとうっ」

何よりもリゼンフィアが喜んでいるのは、息子と仕事ができるということ。元男爵領への視察は、フィルズがついて行くと約束していたのだ。セイスフィア商会の商会長として、元男爵領の開拓、指導を行っている。

もちろん、商会として土地をかなり購入しているというのも大きい。そんなリゼンフィアの様子を見て、先王が目を丸くする。

「ほお……君がそんな嬉しそうな顔をするのは子どもの頃以来だな」

「っ、あ……その……」

「いや。聞いている。君の息子だそうだな」

「っ、はい……」

「む？　違うのか？」

「いっ、いいえっ。自慢の息子です！」

一度肩を落としたリゼンフィア。父とは呼んでもらえないということが、ずっと引っかかっている。つい先頃も、ヴィランズを『お父さん』と呼んでいたのを聞いている。楽しそうに手を引っ張っていくのも見た。いくら芝居であっても、羨ましいと思ってしまうのは仕方がない。

そこで、隅で座り込んでいたレヴィリアが口を開く。

「息子……？　冒険者なのに？」

真っ先に反応したのはリゼンフィアだ。

「悪いですか？」

「っ、だって、おかしいじゃない。貴族の息子が冒険者だなんて」

「っ、あなたは……っ、フィル……？」

腰を浮かせるリゼンフィアに、フィルズは近付いてその肩に手を置く。少し押さえつけるようにして、席に座らせた。

「いい。俺が相手をする。食事をすすめてくれ。侍女達が、いつまでも食べられないだろ」

「っ……分かった……」

フィルズは、リゼンフィアや先王夫妻のつくテーブルとレヴィリアの間に入る。

「あんたの勝手な正義感や思い込みで、国が一つ滅びかけてるってのを、まだ理解していないのか？」

「っ、わ、私が間違っているとでも⁉　だいたい、私を誰だとっ……」

「ファスター王の妹だろ？　今は侍女見習いをしてる、王族って身分さえ剥奪《はくだつ》されかねない状態の王妹だよな？」

「っ、な、なんてことをっ、失礼よ‼」

そう言えば、誰もそれ以上言わないと分かっているのだろう。そうなってしまったのは、周りの責任でもある。それをフィルズは理解していた。

フィルズは憐《あわ》れむような目をレヴィリアに向けていた。

「あんた……そうやって怒れば、誰も文句言えなくなるって分かっててやってるよな？」

「っ……！」

図星だという顔をしていた。これは、長年培《つちか》って来た経験から得たものだろう。だから厄介なのだ。

「教育係も、あんたより身分が下だ。誰も本気で注意したりできない。そこを自分の首をかけても口を出せる覚悟のある奴を選べなかったのはあんたのせいじゃない……けど、理解すべきだった」

「それはどういう……」

王族の教育係は、教育者として認められた者だが、どうしても身分の問題が出て来る。

「王族ってのは不憫な奴らだ」

「っ、なっ」

反論される前に、フィルズは続けた。

「きちんとした教育者であっても、教え導く子どもって意識より先に、王族って身分を見て来る。本来ならばいけないことだと叱り、失敗を怖がらせるべきところも、諭すように言うことしかできない」

「……」

「あんたが転んで怪我をした時、傍に居た侍女や騎士が罰せられただろう」

「……え……ええ……」

レヴィリアも覚えがあることなのだろう。小さく頷いた。

「自分の行動が、周りに影響を与えるって認識は、王侯貴族には必要なことだ。けどそれは、見方を変えれば、自分の失敗を全部他人のせいにできるって認識を植え付けることになる」

「「「っ……」」」

先王夫妻も、リゼンフィアも、この馬車の中に居る侍従、侍女達もその怖さを理解した。

「周りへの影響ってのを理解できたとしても、やっぱり少し認識はズレるんだ……そこを修正するのは難しい。本人任せになるしな……大人になって、その修正ができていなければそれは本人の責任として周りは遠慮なく責めるだろう」

「……っ」

大人になれば、それを突いて周りは責めて来るのだ。王族として不適格だと言う者もいるだろう。

「だから、不憫だと言った。子どもの頃に多くの経験をするのは大事なことだ。けど、それを教える教育係は、叱るってことができない。だから、叱られる怖さを知らず、失敗を失敗と認められない大人が出来上がるんだ」

「……私……」

レヴィリアは、自分の行動を省みようとしているようだ。下を向いているレヴィリアは今、目を忙しなく動かしているだろう。

「あんたが全部悪いわけじゃない。けど、周りは王族として理想とする行動、姿ってのを求めてる。そうなるための環境は整ってはいるはずだ。けど、それを正しく享受《きょうじゅ》できているかは、別の問題だろう」

「……」

レヴィリアもバカではないのだ。友達を思いやる心も持っている。何が悪かったのかを考えられる下地はあるはずだ。考えようとする様子、すなわちフィルズの言葉を理解しようとする様子が見て取れた。ならば、と今度はリゼンフィアへ声を掛ける。

「……公爵。渡した報告書は？」

「ああ……」

「こ、こちらにございます」

侍従が持っていた。それを受け取り、レヴィリアの前に片膝を突いて、差し出した。

「きちんと読め。人って生き物が関わることで、こうだからこうだって決めつけられるものはないんだ」

「……」

呆然と、それを受け取るレヴィリア。フィルズは続けた。

「あんたは、善……こうあるべきだってのも分かっているし、いけないことも分かってるんだ。人が一面だけじゃないことも分かってる。けど、分かってるだけじゃダメだ。知識だけじゃダメなんだよ」

「……それは……っ」

ダメだと、面と向かって否定されたことはなかっただろう。レヴィリアは動揺していた。けれどフィルズも、懇切丁寧に教えてやろうという気にはなれなかった。自分で気付かなくてはならないことの方が多いのだ。

だから、目の前にある、自分が手を出したことで起きたことをまず理解してもらいたい。

「俺はあんたより年下で、身分だって曖昧だ。今のままのあんたに、俺は教えてやれない。誰も教えたいとは思えない。まずはそれを読んで、現実を見るんだな。そこからでも、知るべきことは沢山ある」

「……知るべき……こと……」

フィルズは立ち上がり、事の成り行きを見守っていた先王夫妻とリゼンフィアの下へ戻る。

先王は申し訳なさそうな顔をしていた。

「その……私も娘を甘やかし過ぎたのかもしれん……」

「ごめんなさいね……あの子は昔から何でも力技なところがあって……周りの話も半分くらいしか

聞いてないのよね……私の話なんてもっと聞かないし……」

どこの親もそう変わらない。王族だって、子育ての悩みは同じだ。それがフィルズには少しおかしくて、苦笑しながら先ほどよりは砕けた口調で意見する。

「親の言葉って、子どもにとっては煩いだけなんで。結局、同じ立場に立ってみないと分からないし見えないものなんでしょうね。知識だけ溜めて、それで知ったかぶりするのも同じで、やっぱり経験が伴わないと本当に理解するまではいかないんですよ」

口だけ達者な貴族達は多い。知っている。分かっている気になっているだけの者が大半だ。

「子どもならまだ、長く伸びた鼻を折られて、プライドを砕かれても、やり直すことができる。周りの大人達も手伝ってくれます。けど……」

「そうねえ……」

「なるほど……」

「……」

先王夫妻とリゼンフィアは、報告書を大人しく読んでいくレヴィリアを見て顔を顰めた。

同じようにフィルズも振り返って彼女を見る。

「出来上がった大人は、周りも嫌がるだけですから」

「ああ……」

「分かるわ……」

どうしてくれようかと、先王夫妻は頭を抱える。それを見て、フィルズはふうと息を吐いて苦笑する。

「まあ、ここは人生の大先輩に相談しましょう。今は、少し受け入れる態勢が取れているようですから、何とかなるかもしれません」

「……君は……いくつだい？」

「もうじき十三になります」

「……そうか……いや……何と言うか……申し訳ない……」

「いえ。こちらこそ、口を挟んで申し訳ありません」

フィルズも放っておく気だったが、叱られ慣れていないだろうレヴィリアを見て、言わずにはおれなかったのだ。あのままでは、彼女は先王夫妻を恨むだけだっただろう。自分の行動を正当化したままに。それでは困るのだ。だから口を出した。

それから、雰囲気をガラリと変え、フィルズは告げる。

「それでは、そちらの侍従や侍女さん達の食事も用意してありますので、取りに来てください。全員の食事が終わり、落ち着きましたら、出発する時間などご相談させていただきます」

「ああ。よろしく頼む」

「お願いしますね」

「はい」

ここでのフィルズの役目は終わったと、馬車を後にする。あとは、祖父母であるファリマスとリーリルに丸投げしようと軽やかな足取りで魔導車へ向かった。

ミッション⑦　帰領しよう

　フィルズがリゼンフィアや先王達が乗る馬車を降りると、盗賊として捕らえられた者達が入っている籠車を見つめて立つ、儚げな美女が目に入った。昼食のボリューム満点のサンドを貰って休憩に入っていた騎士達も、かぶりつこうとして口を開けたまま思わず見惚れている。

「……じいちゃん凄えな……」

　風に揺れる束ねた長い髪。それを手で除けながら背中から穏やかな風を受ける様は、とても絵になるものだった。

「よくこれで旅して来れたよな……はあ……」

　フィルズはまさか大きな声で『じいちゃん』なんて呼んで、大混乱を引き起こすわけにもいかず、ゆっくりと歩み寄る。すると、リーリルが気付いてフィルズへと顔を向けた。

「あ……ねえ、えっと……フィル……？」

「ん？　フィルでいいよ。何？」

「うん……あのね？　あの子達……どうなるのかな……」

籠車の中で肩を落とす者、涙を流す者、これからを思って震える者が居る。後悔しているのだろう。ここに行き着くまでの事情はどうあれ、盗賊行為をしていたと判断されるのは間違いない。

「客観的に見ても、盗賊だったってことには変わりない。だから人が裁くなら間違いなく……」

「盗賊は縛り首だったね。女の子達も……」

「ああ……ここに来る前に捕まえた盗賊も、家族っていうか一家で盗賊ってやつだったから、女も……俺くらいの子どもも全員捕まった。許されるのは、まだ仕事に手を出してなかった十歳以下の子ども達だけだろうな」

彼らの場合は、女達も盗賊としての仕事と分かっていながら手を染めていたのだから仕方がない。十代半ばの子ども達も、それが家業として当たり前に継ぐものだったから、疑問も抱かずに両親に加担していたため、神の審判でも黒寄りだった。

そんな彼らでも、自分達のやっていることは、本来はいけないことなのだと分かっているようだった。盗賊行為が生きていくために当たり前にやることだという認識と同時に、捕まればただでは済まないことだと知っていたのだ。

「……悪いことだって分かっていても……やってしまうのは……辛いね……」

「人って、いいことも悪いことも学習する生き物だからな」

「うん……そうだね……それを……こうなる前に教えてあげたかった……」

「……じいちゃん……」

泣きそうに目を伏せるリーリルの様子は、自分が悪くなくても、謝りたくなるような、そんな不思議な力があった。そして、風は、離れていてもその声を籠車の中の者達に届けていたようだ。

ここまでも、かなり反省しているようだった彼らだが、愕然《がくぜん》とした後、更に落ち込んでいた。こんな美人を失望させた、悲しませたというのが効いているようだ。

「……じいちゃんすげえわ……」

もうこれしか出て来ない。

「けど……」

リーリルの目を見てフィルズは気付いた。儚げで、今にも崩れ折れてしまいそうに見える。けれど違うのだ。

「……じいちゃんって……策士だな」

「……フィルは……よく見えてるんだね」

こちらを見たリーリルの目には、確かに強い光があった。これが、本来のものなのだろう。芯の強い人なのだと感じる光だ。風向きが変わる。渦巻くように上へと抜けていく風だ。巻き上がりそうになる髪を押さえて、うっすらと笑みを見せるリーリル。

「まあね。母さんの子で、じいちゃんの孫だもんよ」

「なるほど……」

フィルズは籠車の方を見て答える。今、風はそちらへ流れないため、その声は聞こえないだろう。距離もそれなりにあることで、読唇術も無理だ。だから、答え合わせをする。

「あいつらが本当に悔いて、反省できる奴らか確認したかったんだろ？」

リーリルはフィルズの方を見ながら告げる。

「そう……刑罰を受けるにしても、それ以前に反省ができていなければ、誰も救われない。だって……やられた方は覚えてるからね。奪われる。襲われるって怖いことだから。それをずっと覚えてるって……辛いでしょう？」

「ああ……それも、やった方はそこまで傷付けてるって意識がないから厄介だよな」

それは、日常的にもあるものだ。行動ではなく、言葉でも傷付くことはある。貴族なんて生き物ならば特に、当たり前のように誰かを傷付けて生きているものだ。そして、あっさり忘れる生き物だ。レヴィリアもそうなのだろう。

「相手の身になって考えるってことができたらいいんだけど……時間もかかるし、その時その時に考えていられるものじゃない。けどね。後からでも理解すべきだと思うんだよ。思い返して、反省する……それが記憶できる者としてあるべき、理想の姿だ」

風の動きを目で追うように、上を見るリーリル。それは天を、神を仰ぎ見るようだった。そして、再びフィルズへと目を向けたリーリルは、楽しそうに笑んで見せた。

「彼らには時間が十分与えられそうだしね」

「やっぱ、分かってたか」

彼らは人を殺したりはしていない。だから、きちんと調べが入れば、情状酌量《じょうじょうしゃくりょう》の余地がある。神判でもそう出ている。リーリルは、フィルズが口添えすることも予想しているのだろう。

これにより、すぐに処罰されることはなく、反省して償《つぐな》うのに必要な時間がたっぷり与えられることも分かっているようだった。

「ふふふっ、神は無慈悲ではないからね」

「……どこまで分かってるんだか……」

「ふふふ」

この人には、きっとこの先も敵わないなとフィルズは苦笑した。


昼食が終わってしばらくしてから、一行は公爵領に向けて出発した。はじめ、籠車に放り込んでいる盗賊達も、例の家族ぐるみの盗賊と同様に、近くの領に預けようと思っていた。だが、隣国の民であることも分かっており、王妹を狙っていたということもある。これを、事情を知らない領主に任せることはできないと先王が判断した。

「まあ、神殿長に任せるのが一番だろうしな」

どのみち、神殿長の居る公爵領に向かうのだ。ならばこのまま連れて行こうということになった。

そうして、公爵領まであと半日という距離で、一行は夜営をしていた。

フィルズは外でラクンエルの皮を鞣《なめ》している。それを囲むように、自然と人が集まっていた。

「……フィル、これ、すごい量だね……」

「ラクンエルは小型だからな」

リュブランが、作業する敷物の上に、無造作に山と置かれているラクンエルの皮の量を見て少し顔を顰めていた。

必要となる皮の量を考えたら、十匹ではとても足りなかった。ラクンエルは狸だ。この辺りのものは、ほぼ地球の一般的な成体の狸くらいの大きさなため、取れる毛皮は小さい。

とはいえ、狩り過ぎるのも問題だ。よって、とりあえず十二匹ほどでやめたのだが、多いことに変わりはない。

「まだ量が足りないから、後は辺境の森で、変異種を狩るよ」

《クキュ》

「やっぱ居るよな？　けど、あんま大きいと毛質が良くないかもしれん」

《クキュ……》

ジュエルが、あの森なら居ると確信していた。フィルズの肩から後ろにぶら下がり、手元で鞣されていく毛皮の毛質を見て『あ～……』と遠い目をする。

「フィルズ坊ちゃん、狩る魔獣の毛質までチェックするんで？」

これは公爵家の護衛だ。

「ん～、まあ、毛の手入れをすれば何とかなるんだけどな。けど、手間かけなくていいなら、選びたいだろ」

「いや……普通、そこチェックして狩る余裕ないっすわ……」

「坊ちゃんすげえな……」

改めてフィルズの異常さを感じているらしい。

「あと、やっぱ毛質が良くないのは、美味しくないいんだよな」

「……え……」

「ちょっと肉が硬かったりするんだよ。まあ、年齢もあるんだろうけどさ」

「……そこは……」

「「「「考えたことなかった……」」」」

護衛達だけでなく、冒険者達も声を揃えた。

「やっぱ、健康じゃないとな」

「それも毛で分かるんで？」

「ある程度？」

「な、なるほど……今度気にしてみるわ……」

「いやいや、そんな余裕ある？　ねえっしょ？」

「でも、元気なのが向かって来るじゃん？　それでいいんじゃねえの？」

「確かに……好戦的なのは元気あるってことだよな」

そんな話で盛り上がっていると、そこへ車椅子に乗って先王夫妻が、リゼンフィアも伴いやって来る。

「賑やかだな」

「楽しそうですわね」

「「「「っ、はっ！」」」」

「いや、そのままで。たまには外の風も感じないとな」

やはりファスター王の父親ということか、こうした少し気さくなところもあるようだ。夫人の方もとても嬉しそうに目を細めていた。

フィルズは、じっとそんな先王と夫人を見る。

「ん？　どうかしたかな。フィル君」

「あ、失礼しました。体調が良さそうですね」

「うむ。何というか、こうして外に出たくなるくらいにはな」

「そうですねえ。夜の風を感じたいと思うなんて、何年振りかしら」

「良いことです。どうしても、王侯貴族は魔力の関係もあって体が急激に衰《おとろ》えますから」

それを口にしながらも、皮を綺麗に重ねていくフィルズ。手元しか見ていなかったフィルズは、目を丸くしている周りの様子に気付くのが遅れた。

「ん？　どうかしました？」

「あ、ああ……もしや、フィル君は、貴族達の間で起きる年齢による急激な不調の原因が分かっているのかな？」

先王の問い掛けに、フィルズとしては今更な気がしながら答えた。

「はあ……そうですね。何というか……不摂生《ふせっせい》の結果だと言えばそうですし、一番は、魔力の流れが滞ることです」

これは別に難しい問題ではなかった。少し考えれば分かること。しかし、どうやら誰も気付いていなかったようだ。こちらに向けられる皆の表情でそれが分かった。

「貴族は、魔力が高いことを誇ります。それなのに、ほぼ使わない」

「そうだな……戦えるようにと、学園に居た頃や従軍している時くらいか……使うのは」

それも、もしもの時に使えないのは困るからと、少々練習する程度。実際には、魔力が高く、地位も高い者ほど使う機会はない。

「それが問題です。お湯を沸かすのも使用人に任せますし、自分達は高貴な者だからと、実際はほぼ使わない。そうなると、ただでさえ多い魔力の流れが滞ります」

少しも使わないのだ。滞って当たり前だろう。

「普通にしていても、年齢を重ねるごとにその動きが鈍くなる。魔力も減少するんでそれが自然なんですけど、貴族の場合は魔力が減少する前からそれが起きます。というか、起こしている」

自然に変化するのではないのが問題だ。

「体って正直なもので、使わなくていい場所は、サボるようになるんですよ。そこに力を使う必要がなくなるんで、他に回せますしね」

人も、体も、サボるのが上手いのだ。

「使わないんですから、使えなくなってもいい。そうやって、サボった結果、魔力の道が狭まって痛みを感じたり、不調をきたすようになるんです。本来は必要とする機能ですからね。使わないからって、勝手に切り捨てられるものではないんですよ」

「「「「……」」」」

当たり前のようにフィルズに説明され、この場に居る者達は唖然《あぜん》とする。その理由は、この問題が貴族間だけのものではないからだ。

「……じゃあ、もしかして、じいさんがいきなり弱るのも……」

冒険者の一人が思い至る。これにフィルズは頷いた。

「ああ。冒険者や騎士として若い頃活躍した人なら、魔力の使い方を知ってるから、それを突然やめると不調になるよな。だからじいちゃん達には、無理してでも教会やセイルブロードに散歩がてら来いって言ってたんだよ」

冒険者達の魔力の使い方は、大抵は身体強化だ。よって、弱った体を動かそうとすれば、それを使うことになる。これにより、魔力が滞るを止めることができる。

「教会への礼拝を、じいちゃんやばあちゃん達が続けるようになるのも、それが理由。教会に行くと調子良くなるような気がするってやつ。それで習慣化されるから、結果的に自然に魔力が減るまで続けられる。まあ、本当に神の加護の力もあるけど」

そうやって、必要なことが自然と習慣化されるようになっているのだ。

「こういう、本当に役に立つ迷信もあるから厄介なんだよな〜」

「「「「……」」」」

そういう問題じゃないと誰もが言いたかった。フィルズはたまに、無自覚に大発見を披露するのだ。慣れて来た公爵領の者達でさえ驚く。リゼンフィアも頭を抱えながら、何とか口を開いた。

「はあ……フィル……すまないが、その検証とか、文書にしてまとめてくれないか……」

「いいけど。フーマじいとセラばあも協力してくれるだろうし」

「……ん？　それは一体……」

そこに、ファリマスがレヴィリアを伴い、真面目な顔で近付いて来たため、フィルズの注意はそちらへと向いた。


レヴィリアの表情は暗かった。別人かと思えるほど、十歳は老けたようにさえ見えた。

フィルズが視線を移したことで、皆の視線もそちらへと向かう。普段のレヴィリアならば、その視線を一身に集めることが誇りのように胸を張って前に出ただろうが、今は背中を丸めている。普段の彼女を知っている騎士の数人が、不可解そうな顔をしているのが印象的だった。

「どうしたんだ？　ばあちゃん」

「ああ。そこの二人とも話し合ってね」

二人と言って指差したのは、先王夫妻。どうやら知り合いだったらしい。頷き合っているのを見ると、信頼もしているのだろう。そしてファリマスは、今度は後ろに居るレヴィリアに顔を向けて続ける。

「この子に色々と教えるために、手始めにこの国を回って来ようと思うんだよ」

「ん？　もしかしてそれ、夜が明けたらとか考えてる？」

「よく分かったね！　そうさっ」

「うわ～……」

ファリマスの後ろで、その背に隠れるという考えもないのか、レヴィリアは中途半端な距離を取ってこの世の終わりのような顔をしていた。

そんなレヴィリアを見て、フィルズは眉根を寄せる。別に不快だからではない。気になっているのはレヴィリアの服装だ。彼女は、侍女の服装のままだった。侍女として付いて来たのだから、その他の服装があるとも思えない。

「ん～、さすがにその服のままだと良くないんじゃないか？　どっかで調達する勉強もさせるつもり？」

「いや。だからフィルに聞こうと思ってさ。良さそうな着替え、持ってないかい？」

さすがにそれは持ってないだろうと、周りの者が苦笑する中、フィルズは目を三度ほど瞬かせてから頷いた。

「あるぜ」

「っ、何であるんだ⁉　クーちゃんともサイズ違うぞ⁉」

代表として口にしたのは、ヴィランズだった。たとえあってもクラルスの物だと思ったのだろう。確かに、フィルズはクラルスの着替えも数着持っている。マジックバッグに預かってそのままになることが何度かあったためだ。

だが、レヴィリアはクラルスより少し背も高い。それに伴って、幅も少しばかりズレるだろう。なので、今のレヴィリアに合う服をなぜ持っているのか、と不思議に思うのは当然だった。

「いや。ギルド長が、突発的に必要になる時があるから、バッグに余裕があるなら入れとけって言うんだよ。まあ、確かに何があるか分からんし？　それで、ある程度サイズ調整の必要ないのを男女三パターンずつ用意してんだ」

そう言って、フィルズは座っている敷物の隅に、三つの女性用の服を並べる。膝丈までの長いワンピースに、ズボンのセットだ。ワンピースの腰のところにはリボンが付いており、後ろか前で縛って調整するスタイル。ズボンも足首のところで縛って引き締めることができる。

「これ、大人の女用の大、中、小」

小さい方からS、M、Lとして仮に作ってみた物だ。

「これで大体一般的には誰でもどれかは着られるかなってやつ。まだ統計が完全じゃないから、仮だけどな。う〜ん……余裕がある方がいいだろうし、大きいのにするか。車の方に試着室あるから着てみなよ」

「へえ。着心地よさそうでいいね。確かに、この三つなら、ほとんどの子が着れそうだし……私にもくれないかい？」

「いいけど？　ばあちゃんはこの『中』のサイズでいいかも」

「そうだね。私も着てみるよ」

「うん。あ、因みに下着もある。この中にあるから、着てみていいやつ持ってって。今度感想教えて。母さんに」

フィルズは上部に取手が付いた白木の箱をバッグから引っ張り出して、ファリマスに服と一緒に手渡した。箱の大きさは三十センチ四方。見た目より軽くなっており、実はマジックボックスだ。

因みに、下着はフィルズが作った物だが、感想を聞くのはさすがに気まずいため、クラルスに頼むことにする。元となる設計図はかつての賢者のものなので、無心で作った。多少は改良しているが、それらを一々詳しく説明する気はない。

「下着もあるのかい？」

「そう。近々、衣料品店を出そうと思ってるんだ。だから試作品。着れそうなのは全部持って行っていいから」

「そうかい？　なら有り難く」

「うん」

ファリマスの腰にあるのはマジックバッグだろう。それを見越して、そう荷物にもならないだろうと思っての提案だ。ファリマスが嬉しそうにしているのを見ると、予想通りなのだろう。そのままファリマスは、戸惑うレヴィリアを引っ張って、魔導車へと向かって行った。

残った者達は何から聞けばいいのか分からない状態のようで、しばらく沈黙が続き、その後、質問責めに遭うのだが、フィルズは大したことないように淡々と答えることになる。

そして、翌朝。

「じゃあ、まあ三ヶ月くらいで、ざっと回って来るよ。リルをよろしく」

「じいちゃんのことは任せてよ。今度会う時は、もっと美人になってるかもな。そっちも、飯はちゃんと食ってくれよ」

「ああ。お弁当ありがとうね。行って来る」

「気を付けて」

フィルズの渡した服を着て、後で追加したフードローブを着たレヴィリアとファリマスは、一行から離脱して行った。

昼休憩などで人通りが落ち着く頃、フィルズ達は公爵領の領都に着いた。

ゆっくりと広く整備された道を進み、教会へとそのまま向かうと、神殿長が両手を広げて教会の前で待ち構えていた。

「お帰りフィル君っ！」

「……おう。ただいま……」

渋い顔をしながら、魔導車から素早く降りて応える。駆け寄って来る神殿長は本当に嬉しそうで、何がそんなに嬉しいのかとフィルズは不審に思っていれば、これが答えだった。

「フィル君がっ、真っ先に私の所へ帰還の挨拶に来るなんてっ。やはり私が一番頼りになる存在ってことですね！　それはつまりっ、父親のような存在ってことですよねっ」

「……え……いや……そう……なるのか……？」

最初は否定的な気持ちだったのだが、段々と自信がなくなる。頼りになると思う存在。それは確かにフィルズも求める父親のようなものではないか。考えてみれば、この世界で頼りになる存在というものの候補に、神殿長は一番に出て来るのだ。その事実にフィルズは戦慄《せんりつ》した。

「……俺……いつの間に頼るように……」

この世界でやりたいことを見つけて自己を確立してから、誰かを頼るなんて考えはなかった。早く自分の足で立たなくてはと必死だった。

けれど、いつの間にか神殿長やギルド長、ヴィランズと出会い、誰かを頼るということをするようになっていたようだ。それでもふと、頼るとはどういうことだろうと初心に立ち返る。

「いや……これは利用とも言うか……」

それが聞こえたのだろう。神殿長はそれを聞いても嬉しそうに、微笑ましそうに笑っていた。

「それでいいんですよ。信頼しているから、頼りにしているから、気兼ねなく問題を丸投げにできるとも言えますからねっ」

「なるほど……じゃあ、よろしく」

「その潔さっ。気持ちいいですね！　どんと丸投げしてください！」

丸投げで良いと聞けばフィルズも躊躇しない。最初からそのつもりで来たこともある。

「うん。ならコレ、全部任せる」

「任せてくださいっ！」

フィルズは、それこそ遠慮なく、籠車の中に居る者達と保護した子ども達を丸投げした。

「彼らを中へ」

「「「「はいっ」」」」

神殿長の声で神官達が出て来て、ペルタ達に協力してもらいながら、籠車から一人一人名前と家族構成を聞き取り、教会の中へと誘導して行く。

それを見送りながら、フィルズは神殿長に彼らの資料を渡す。国でどんな生活をしていたのか。

この国に来て何をしたのか。可能な限り隠密ウサギを使って手に入れた情報だ。

「事情は昨日連絡した通りだから、一応神判を頼む。あとこれ、寄付金」

「フィル君……いえ、助かります」

「ん」

結構な金額が入っている小袋を神殿長は受け取った。引き取った彼ら全員の衣服や食事代としては十分過ぎる量が入っている。

本来、保護した者が居たとしても、お金を払うのは稀だ。当然だろう。『保護したらお金を払って教会に預ける』なんてことが常識となったら、保護するべき者が放置されてしまう可能性もある。他人のためにお金を出すなんてこと、普通はしたくないものだ。

けれど、フィルズはリュブラン達を保護してもらった時も、こうして寄付金を渡した。当たり前となるべきものではないから、神殿長も最初は受け取りを渋った。とはいえ、このタイミングでの寄付金が有り難いことに変わりない。そして、その時にフィルズは、理由をきちんと説明した。

『これは保護したからする寄付じゃねえよ。そいつらに使えってわけじゃない。いつもの寄付と同じだ。ただ、このタイミングで渡してるだけ』

これがこの時に渡す理由。そして、理由はもう一つ。

『あとは商人としての考え。人が増えたら金が必要になるのは当然だろ？　それで大変だなって渡すだけ。俺としては、これは世話することになる神官達への心付けだ。世話する方の余裕って、大事だからな』

少しでも世話を楽にできる物を買ったり、手伝ってくれる人にお礼として食事を出すためであったり。そうした物に使って欲しいという思いで渡すのだ。決して、保護してもらった人が不自由ないように使えと言っているわけではない。

車を降りたヴィランズとリゼンフィアが近付いて来る。引き渡しが始まったことで、話は付いたと思ったのだろう。そうして、フィルズがお金を渡すところを見て、二人は顔を顰めていた。普通は、これは保護してもらう人へ使ってもらうためのお金と映る。

「フィル……保護にお金は……」

リゼンフィアも良いことではないと思っているようだ。これは正しい反応と言える。だから、フィルズもきちんと説明することにした。

「俺の中では、神官＝職員って思ってるから。仕事量が増えるんだ。その分の報酬を払うのは当然だろ？　けど、神官はお金で働くわけじゃないのも分かってる。だから、この金は教会で使ってもらうためのものだ。普段の寄付と変わらない」

お金に余裕があると見せるためにも、商人や貴族は教会に寄付する。それと変わらない。

「神官って、やっぱ人が好いんだよ。お金がなくても、自分達よりも保護した奴らのためにって無理する。けど、身を削るってお互いに良くないだろ」

何でこんな説明をしなくてはならないのかと、少し呆れながらフィルズは続けた。

「保護された方に、無理して世話をされてるって伝わっても良くないしな。だから、そういうことが減るように、こういう時に寄付するってだけだ。貴族もさあ、寄付したって周りに見せつけるタイミングじゃなくて、こういう時にした方が効果的かもよ？」

「そういや貴族って、わざわざ寄付金持って来たって感じで、馬車を横付けにしたりするもんな……人が多い時間に。アレ、騎士達が面倒だって言ってたわ……」

ヴィランズが知り合いの騎士達から聞いたことや、王都に居た時のことを思い出して苦い顔をしていた。それを聞いて、神殿長も苦笑している。

「そうなんですよね……あちらの良い時に来るので、礼拝の時間でもお構いなし。昔からそういうものだと思っていましたから、特に文句はなかったんですが、今思うとアレは困ります」

効果的と思う時を狙う貴族や商人達。けれど、それが教会にとって問題のない時かというとそうではない。

「フィル君に言われて気付きました。確かに、保護する者が出た時に寄付金を貰えるのは有り難いです。お金で取引している気がしますから、避けていたんですけどね」

神殿長の言葉にリゼンフィアも同意する。

「ええ……そこは私も、教会の方への心象も良くないというのが常識でしたので……」

「そうなんですよね。こちらも良くないと思っていたんですが……実際はこれが一番有り難いんですよ。地方の教会によっては、かなり無理をすることになりますから」

そのために、教会同士でお金や物資を送ることも行われるのだが、この世界の治安を考えると道中で襲われる恐れがあり、一度に送れないという現実的な問題もあるのだ。

「印象なんて気にしてたら、損するぜ？」

「そうですね。あと、やはり想像力、相手の状況を想像して慮《おもんぱか》るのは大事です」

フィルズの言葉に頷き、改めて神殿長も相手のことを考える想像力の大事さを感じたようだ。これに、リゼンフィアも考え込み、ゆっくりと頷く。

「なるほど……こうしたことも、相手の立場に立って考える……実状を知らないと分からないものですね……」

フィルズが事あるごとに言う『貴族は想像力が足りない』ということを、リゼンフィアはよくよく考える。

「常に勉強ですよ。私ももっと外に出ないといけませんねえ」

「いや、神殿長はあんま外に出るなよ……出るにしても、誰かにちゃんと言ってから出ろ。あんたは突発的に飛び出し過ぎだ」

「大丈夫ですよ？　最近はセイルブロードに行けば、普段は会えない人達にも会えますから」

「うん……最近、運がいいと、うちで神殿長に会えるとか噂になってる……」

神殿長目当てで来る人も居るとか居ないとか。

「もうすぐ隣も正式開店ですよね。楽しみですっ」

「おう。まあ、楽しみにしててくれ」

「はいっ」

神殿長の遊び場的なものにもなりそうだ。まずは『健康ランド』のオープンに注力することにする。

フィルズは最後に、籠車を今降りようとする者達を見ていた。それに気付いた神殿長が口を開く。

「そういえば、彼らですか。黒判定が出たのは」

「ああ」

それは、神判で黒に近い色をしていた、襲撃の主犯となった者達だ。

「どんな事情があったとしても、きちんとやったことに対する相応の刑罰は与えなくてはなりません。彼らは国へ引き渡すことになります。もちろん、教会からですので、はっきりと罪状は提示させてもらいますよ」

現行犯で騎士や兵士達によって捕らえられた罪人とは違い、教会に逃げ込んで来たり、一般の人によっての告発や、怪我によって教会に運ばれた罪人の場合は、正確に神の神判によって罪状が詳《つまび》らかにされた後に国へと引き渡される。

よって、冤罪《えんざい》はない。だが、もちろんその後は人が人の法に基づいて裁くため、国や領によって扱いは違って来る。とはいえ、自身が犯した罪以上の罰は与えられないという保障はある。

「三日ほどお時間はいただきますけれど、それでよろしいですか？　公爵」

「ええ……お願いします」

「もちろんです。他は一時的に保護となるでしょう。ただし、こちらも盗賊行為に同意していたのですから、反省は必要です。落ち着いたら奉仕に出すことになると思います」

強制労働のようなものだ。やったことに対する反省をするためにも必要なこととしている。それは保護対象者であっても変わらない。

「その奉仕先ですが、フィル君の商会でもいいですか？」

「おう。丁度、元男爵領の方でやる事業に人手がいるからな」

「そのまま雇ってもらうことも可能ですか？」

そんな神殿長の問い掛けに、フィルズはニヤリと笑う。

「問題ねえ。まあ、それもあってここまで連れて来たんだ」

「そんな気がしました」

神殿長は期待に応えられたようだと嬉しそうに笑った。本来ならば、彼らも問答無用で牢に入れられ、盗賊行為をしていた犯罪者として処刑されていただろう。

加担しただけとはいえ、盗賊の一味として判断されたら仕方がない。牢屋も多くはないし、刑務所のような仕組みはないため、一度牢屋に入れられれば、軽犯罪者であってもほぼ死ぬまで出られない。それが冤罪であっても見逃されてしまう。調査の仕組みも甘いのだ。

よって、よほどその人を気にかけて、自分達で調査の手配をし、教会に助けを求める者がなければ、捕まったらそのままだ。

最近は牢屋の数のこともあり、これらの見直しもされて来ているが、まだまだ難しい。それを考えると、彼らはとても運が良いと言えるだろう。

「そういうことですので、公爵。後はフィル君が上手くやります。報告だけは国に上げておいてください。そのための協力は惜しみません」

「わ、分かりました……」

良いところに帰って来たねと言わんばかりの神殿長の笑みに、リゼンフィアは少し腰が引けていた。こうして、一応の方針は決まったのだ。

そこで、魔導車の方に乗って来たリーリルが、リュブランに手を引かれ、エスコートを受けながらこちらに声を掛けて来た。

「あ、やっぱり……シエル？」

その可憐な声に、神殿長が肩を揺らして過剰反応する。シエルというのは神殿長の名であった。フィルズとリゼンフィアも一緒に振り返ると、柔らかな風を受けながら歩み寄って来る美女の姿が目に入る。

「っ、りっ、リル？　え⁉　リルですか⁉　いや、こんな美人はリルですね⁉　何年振りです⁉」

ものすごく動揺していた。神殿長がこうして動揺するのはとても珍しい。

人通りは少なくなっているが、それを目撃した者達も目を丸くして立ち止まる。後ろ姿だけでもリーリルは人目を引いた。これで本当によく旅をして来たものだとフィルズは感心しきりだ。

「なんだ。神殿長もじいちゃんと知り合いなのか」

「じいっ……あっ、確かに、クーちゃんの面影《おもかげ》がっ……フィル君がリルの孫……」

リーリルは楽しそうに近付いて来て、フィルズを見て微笑む。

「そうなの。こんな孫が居たなんて。こんなことなら、もっと早くこの国に来るんだったたって、ファリマスとも話してたんだ」

「っ、ファリマスも居るんですか⁉」

「居たんだけど、三ヶ月くらいこの国を回って来るって言って出掛けちゃった……けど、ちゃんと来るから大丈夫」

少し寂しそうにするリーリルの様子は、誰が見ても胸が痛む。だが、神殿長はそれなりに慣れているのだろう。気の毒そうに眉根を寄せたが、切り替えは早かった。

「そうですか……いえ、三ヶ月くらいならば誤差の範囲ですね。会いに来ると連絡が来ても、実際に来たのが半年後だったってこともありましたし」

「ふふっ。あったね」

このやり取りを聞く感じだと、とっても仲良しのようだ。フィルズも年代的に知り合いかもしれないと思って、二人のことは敢えて神殿長に話さなかったのだ。せっかくなら直接会って驚いてもらいたかった。

「どうです？　お茶していきますか？」

「そうだね……ファイとカティもいい？」

「そういえば、先王夫妻が来られることになっていましたね。あの馬車ですか？」

「うん。あの馬車乗り心地いいよね。普通に部屋に居るみたいで退屈しないって、あの二人も言ってたよ」

「それはもちろんっ。フィル君が作った物ですからねっ」

「ふふふっ。私の孫はすごいねえ」

「っ……」

フィルズは不意に褒められて少し照れる。先王夫妻には、ここで盗賊達を降ろすのに停まっているのも苦ではないと言われたのだ。その言葉に甘えて、待ってもらっている状況だ。

「では、二人も呼んでお茶をしましょう。滞在は公爵邸ですか？　それとも……」

フィルズへと目を向ける神殿長。これにフィルズが答えた。

「それともの方。こっちで部屋を用意する。王子達も居るし、それに今公爵邸は、女主人が居ねぇ状態だから」

「そうですね。フィル君の所なら、有能なクマさん達も居ますし、警備も万全です。私も会いに行きやすいですすし」

「うん。じいちゃん達の部屋もあるし、体の状態を診て指導してくれる人も来やすいから、そうしてもらう。後できちんと迎えも寄越すよ。終わったら連絡してくれ」

「分かりました」

そこで、先王夫妻達も神殿長と顔を合わせ、侍従と侍女、それと数人の護衛を連れて教会に入って行った。

「よし。それじゃあ、帰るか」

「……」

フィルズはリゼンフィアへと目を向ける。何だか申し訳なさそうにしていた。実際、本来ならば先王夫妻は公爵が引き受けるものだ。フィルズも当初は公爵邸に滞在することになるだろうと思っていた。

　とはいえ、夫妻が会いたかったのは車椅子を作ったフィルズであるし、せっかく仲を深めたのに公爵家に行ってもらうのも悪い気がする。それに、商会には彼らの孫も滞在しているのだ。

「そんな顔せんでも、受け入れに問題はねえよ。ファスター王も泊まったじゃん。どっちもお忍びみたいなもんだし、変わらん。部屋も問題ないし、従業員達も慣れてるから」

「そ、そうか……そうだな……安全面でもそちらの方が良いのは間違いない……」

「そういうこと。健康面でもちょっと気を遣った方が良さそうだしな」

　食事についても気になっていたのだ。そして、安全性に関しても、変に騎士達を配置するより、クマ達や隠密ウサギが常に目を光らせているフィルズの屋敷の方が万全だ。それに、王族の対応にも慣れているクラルスが居るのも大きい。

「夕飯はこっちでどうだ？　セルジュ兄さんも良かったら連れて来てくれ」

「っ、分かった」

　リゼンフィアの強張っていた表情が、嬉しそうに緩むのが分かった。

「ん。それじゃあ、騎士さん達。商会の方に案内するんで、そのまま魔導車に付いて来てくれ」

「「「「はいっ」」」」

　たった数日一緒に居ただけだが、彼らのフィルズへの信頼度は高くなっており、逆に心配になるほどだ。敵対心丸出しの状態より遥かに良いので、文句はない。

「ペルタ。リュブラン。帰るぞ〜」

《おう》

「うんっ」

手際の良いペルタと子ペンギン達は、フィルズ達が話し込んでいる間に、籠車を片付けていた。

因みに、シロクマ二体もこの場に居る。籠車を挟んで歩いて来たのだ。徐々に見慣れない籠車から、そのシロクマ達に周りの目が集まるようになっていた。

少しばかり警戒した多くの目が集まるのを確認して、フィルズはビズではなくシロクマの一体に乗り、先頭を歩かせた。すると、周りの目も柔らかくなる。この世界で魔獣はとても危険なものだ。手懐けられたとしても、他人には中々近付けられない。

ビズは馬の部類に入るということもあり、更には、以前から森で守り神的な存在として冒険者の中でも受け入れられていた。よって、住民達もそれほど最初から警戒していなかった。

「うわ〜。フィル兄ちゃん、またすごいの連れてるっ」

「アレも人形かしら。あっ、後ろ足のところにマークがあったわっ」

「セイスフィア商会のマーク。可愛いわよね〜」

魔獣と間違えられないよう、クマ達にもセイスフィア商会のマークを体に刺繍してある。クマ達は耳の後ろ。隠密ウサギは腹の右下辺り。ペルタ達は右横のお尻の近く。そして、このシロクマには右後ろ足の付け根の辺りだ。それを確認し、住民達は少し残っていた警戒心を解く。

「フィル兄ちゃ〜んっ。その子達とは遊べないの？」

ノシノシと歩くシロクマを追いかけながら、子ども達が問い掛ける。

「ん？　あ～、白虎達よりちょい背中に乗るのも高いからな。それに、こいつらは運搬と戦闘用だ。力があるから遊びには向かないな。けどまあ、大人が傍に居る時には乗せてやるよ」

「「「やったあっ」」」

それだけ聞ければ良いと言って、また遊びに行くのだろう子ども達は、駆け出して行った。

「おい。転ぶなよ～」

「「「「は～いっ」」」」

ここの子ども達は本当に元気だ。搬入口としてセイルブロードの入り口とは別で整備してある通路を通り、屋敷の前まで向かう。リゼンフィアの乗った馬車はそのまま公爵邸に向かった。

初めて来る先王夫妻の護衛騎士達は、おっかなびっくりで馬車と共に付いて来ていた。冒険者ギルドへの報告は、ギルド長に直接イヤフィスで入れてあるため、冒険者達も今日はこのまま解散だ。だが、フィルズもこのまま帰すつもりはない。

「お疲れ～。おっちゃん達も今日は泊まっていくか？　報告は明日って伝えてあるから」

「マジで⁉」

「いいの⁉」

この屋敷の中に入る機会など普通ない。扱いとしては、遠くから見るだけの貴族の屋敷レベルだ。食い気味で詰め寄って来た冒険者達に、フィルズは苦笑する。

「おう。歓待してやるよ」

「「「「やったあ‼」」」」

万歳と両手を上げて喜ぶ冒険者達の声を聞きつけ、クラルスがやって来る。

「フィル君っ。お帰りなさいっ」

嬉しさで思わず抱き付いて来るクラルスを受け止めて、フィルズは背中をトントンと叩いて答える。

「ただいま母さん。この人達今日泊めるから。あと、もう少ししたら教会でお茶してるじいちゃんも来るよ」

「っ、お父さんが本当に⁉」

「うん。先王夫妻と神殿長が知り合いだったみたいだから」

「そうなのねっ。分かったわ。ふふっ。楽しみっ」

喜ぶクラルスの脇から、クマのホワイトがやって来る。

《おかえりなさいませ。おへやのごよういは出来ています》

「ああ。ありがとな。おっちゃん達は、男女別で二部屋でいいか？」

振り向いて冒険者達に確認すると、はっきり頷いた。

「もちろんだっ。それでいい」

「泊まれるなら何でもいいわっ」

文句はないらしい。それならばとホワイトに目を向ける。

「それじゃあ、案内頼む」

《おまかせくださいっ》

そうして、初めて見るクマに驚きながらも、ペルタ達の例があるため、騎士達や侍女達もホワイトに付いて行く。リュブラン達も手伝い、先王夫妻の荷物なども運び込まれていった。

残ったのはヴィランズだ。

「フィル坊……俺も泊まっていい？」

「今更じゃん。いつもの部屋空いてるよ」

「よっしゃっ。クーちゃんお邪魔しま～すっ」

「はいはい。いらっしゃ～いっ」

スキップ気味に、ご機嫌な様子でヴィランズも入って行った。

「ふふっ。それじゃあ、お客様が来たってこと、みんなに連絡して来るわ。お夕飯はみんな一緒でいいのかしら」

現在もセイルブロードの店は営業中。従業員達にフィルズ達の帰還と来客の連絡を入れることになる。

ここの従業員達は貴族にも慣れたもので、ファスター王がお忍びで来ても、きちんと対応してくれる。王子や王女が仕事仲間の中に居るのだ。そうそう緊張していられない。

マナーや礼儀作法などもきちんと教えているため、相応の対応もできるということが大きいかもしれない。場所によってきちんと使い分けられる教育をしていた。

「うん。お忍びだと思ってくれってさ。先王達も食堂でいい。護衛や侍女達もな。そこは納得してもらった。あと、親父とセルジュ兄さんも来るから」

「あら。分かったわ」

微笑ましそうにするクラルス。どうやらリゼンフィアとの関係も良い方に向かっているようだ。

「改めて、フィル。おかえりなさい。何事もなくて良かったわ」

「おう。ただいま」

こうして、ようやくフィルズはほっと息を吐いたのだった。

月が導く異世界道中
Tsukiga Michibiku Isekai Dochu
Azumi Kei
あずみ圭
1~18
8.5
シリーズ累計
350万部
(電子含む)
の超人気作!
TVアニメ 第2期
2024年1月から
2クール
放送決定
月が導く異世界道中
あずみ圭
薄幸系男子の成り上がりファンタジー、開幕!
なんでだろう 親の都合で異世界へ
第5回アルファポリスファンタジー小説大賞 読者賞受賞作!
待望の書籍化!
異世界へと召喚された平凡な高校生、深澄真。彼は女神に「顔が不細工」と罵られ、問答無用で最果ての荒野に飛ばされてしまう。人の温もりを求めて彷徨う真だが、仲間になった美女達は、元竜と元蜘蛛!? とことん不運、されどチートな真の異世界珍道中が始まった!
月が導く異世界道
あずみ圭
木野コトラ
とことん不運、されどチート
2期までに
原作シリーズもチェック!
●各定価：1320円(10%税込)
●illustration：マツモトミツアキ
1~18巻好評発売中!!
漫画：木野コト
●各定価：748円(10%税込)
コミックス1~12巻好評発

Re:Monster
リ・モンスター
1~9・外伝
8.5
暗黒大陸編1~3
金斬児狐
Kanekiru Kogitsune
シリーズ累計
150万部
(電子含む)
突破!
TVアニメ化
決定!!
ネットで話題沸騰!
怪物転生
ファンタジー
最弱ゴブリンの下克上物語 大好評発売中!
Re:Monster
リ・モンスター
金斬児狐
転生したのはまさかの最弱ゴブリン!?
【小説】
1~9巻/外伝/8・5巻
◉各定価:1320円(10%税込)
◉illustration:ヤマーダ
新章
Re:Monster
リ・モンスター
暗黒大陸編
1
最弱ゴブリンから最強黒鬼 そして新世界の伝説へ!
新たな旅が今始まる!
65万部!
新シリーズ!
【小説】
1~3巻(以下続刊)
◉各定価:1320円(10%税込)
◉illustration:NAJI柳田
コミカライズも大好評!
Re:Monster
リ・モンスター
1
転生したのは…最弱ゴブリン!?
異世界下克上
サバイバルファンタジー
累計23万部突破!!
待望のコミカライズ!!
【漫画】
1~10巻(以下続刊)
◉各定価:748円(10%税込)
◉漫画:小早川ハルヨシ

サラリーマンの高橋渉は、女神によって、異世界の伯爵家次男・アレクに転生させられる。さらに、あらゆる薬を作ることができる、〈全知全能薬学〉というスキルまで授けられた!　だが、伯爵家の人々は病弱なアレクを家族ぐるみでいじめていた。スキルの力で自分の体を治療したアレクは、そんな伯爵家から放逐されたことを前向きにとらえ、自由に生きることにする。その後、縁あって優しい子爵夫妻に拾われた彼は、新しい家族のために薬を作ったり、様々な魔法の訓練に励んだりと、新たな人生を存分に謳歌する!?　アレクの成り上がりストーリーが今始まる――!

◎定価:1320円(10%税込)　◎ISBN:978-4-434-32812-1　◎illustration:汐張神奈

この作品に対する皆様のご意見・ご感想をお待ちしております。
おハガキ・お手紙は以下の宛先にお送りください。

【宛先】
〒150-6008 東京都渋谷区恵比寿 4-20-3 恵比寿ｶﾞｰﾃﾞﾝﾌﾟﾚｲｽﾀﾜｰ 8F
（株）アルファポリス　書籍感想係

メールフォームでのご意見・ご感想は右のＱＲコードから、
あるいは以下のワードで検索をかけてください。

アルファポリス　書籍の感想　検索

ご感想はこちらから

本書はWebサイト「アルファポリス」(https://www.alphapolis.co.jp/)に投稿されたものを、
改題、改稿、加筆のうえ、書籍化したものです。

趣味《しゅみ》を極《きわ》めて自由《じゆう》に生《い》きろ！ 4
～ただし、神々《かみがみ》は愛《いと》し子《ご》に異世界改革《いせかいかいかく》をお望《のぞ》みです～

紫南（しなん）

2023年　10月　30日初版発行

編集－矢澤達也・八木響・芦田尚
編集長－太田鉄平
発行者－梶本雄介
発行所－株式会社アルファポリス
〒150-6008 東京都渋谷区恵比寿4-20-3 恵比寿ｶﾞｰﾃﾞﾝﾌﾟﾚｲｽﾀﾜｰ8F
TEL 03-6277-1601（営業）　03-6277-1602（編集）
URL https://www.alphapolis.co.jp/
発売元－株式会社星雲社（共同出版社・流通責任出版社）
〒112-0005 東京都文京区水道1-3-30
TEL 03-3868-3275
装丁・本文イラスト－星らすく
装丁デザイン－AFTERGLOW
印刷－図書印刷株式会社

価格はカバーに表示されてあります。
落丁乱丁の場合はアルファポリスまでご連絡ください。
送料は小社負担でお取り替えします。

ISBN978-4-434-32820-6　C0093